SE BUSCA

Britney Crosby
Edad: 12 años

Descripción: Cabello oscuro, ojos café.
Fue vista por última vez en
la Laguna Negra, luciendo un
vestido rojo y amarillo.

SE BUSCA

ESCAPATE DE HORRORLANDIA

Britney Crosby
Edad: 12 años

Descripción: Cabello oscuro, ojos café.
Fue vista por última vez en
la Laguna Negra, luciendo un
vestido rojo y amarillo.

Este mensaje llega
a usted por cortesía
de la Policía Monstruosa

SANGRE DE MONSTRUO
AL DESAYUNO

¡UNA NUEVA SERIE DE CUENTOS TENEBROSOS!

NO. 1 LA VENGANZA DEL MUÑECO VIVIENTE

NO. 2 ESPANTO MARINO

NO. 3 SANGRE DE MONSTRUO AL DESAYUNO

SANGRE DE MONSTRUO AL DESAYUNO

R.L. STINE

SCHOLASTIC INC.
New York Toronto London Auckland
Sydney Mexico City New Delhi Hong Kong

Originally published in English as Goosebumps HorrorLand #3: *Monster Blood for Breakfast!*

Translated by Ana Galán

ISBN: 978-0-545-15885-5

Goosebumps book series created by Parachute Press, Inc.

Goosebumps HorrorLand #3: *Monster Blood for Breakfast!*
copyright © 2008 by Scholastic Inc.
Translation copyright © 2010 by Scholastic Inc.

12 11 10 9 8 7 6 5 4 3 2   10 11 12 13 14 15/0

Printed in the U.S.A.   40

First Scholastic Spanish printing, January 2010

¡3 ATRACCIONES EN 1!

SANGRE DE MONSTRUO AL DESAYUNO

1

BIENVENIDO A HORRORLANDIA

105

ARCHIVO DEL MIEDO

145

SANGRE DE MONSTRUO AL DESAYUNO

1

Me llamo Matt Daniels y mi escalofriante historia comenzó una mañana típica. Desafortunadamente, en mi casa, *típica* quiere decir *desagradable* porque ¿quién apareció justo cuando mi hermana Livvy y yo estábamos terminando de desayunar?

Nuestro vecino de al lado: Bradley Wormser.

Todo el mundo en la escuela lo llama Worm, que en inglés quiere decir gusano, y te aseguro que el nombre le va muy bien.

Bradley se presenta en nuestra cocina casi todas las mañanas justo cuando Livvy y yo estamos terminando el desayuno. Y se traga lo que encuentra.

Es tan flaco que es difícil creer que pueda comer toda la comida que hay en la mesa si lo dejamos. ¡Realmente parece un gusano largo y flaco con gafas!

Uno de estos días pienso pegar unas galletas a la mesa solo para ver la cara que pone Bradley al intentar cogerlas.

Yo soy increíble inventando cosas y me gustan mucho las ciencias. También soy muy buen deportista.

Pero nada de eso me sirve cuando estoy con Worm Wormser. ¡Me saca de quicio!

Esta mañana, Bradley esperó a que mi mamá estuviera de espaldas. Entonces, me metió una mosca gorda y asquerosa en los cereales. Me quedé boquiabierto mirando la mosca que estaba flotando en la leche.

—Oye, qué asco —dijo Bradley—. Seguro que no vas a querer comerte eso, ¿verdad? Mira, hay una mosca muerta en la leche.

Me quitó el cuenco, se lo acercó a la boca y se comió todos mis cereales. Después, escupió la mosca al suelo.

—No estaban tan mal —dijo, limpiándose la boca con la manga de Livvy—. Un poquito blandos.

—¡Déjame en paz! —gritó Livvy.

En ese momento Bradley chascó los dedos a unos centímetros de la cara de mi hermana. Se cree muy gracioso, pero Livvy no lo soporta.

Mi mamá no tiene ni idea de lo pesado que es Bradley.

Ella estaba muy tranquila limpiando algo en el fregadero.

—Mamá, ¿me puedo tomar otro cuenco de cereales? —pregunté.

—No, Matt, no puedes repetir —dijo sin darse la vuelta—. Tienes que vigilar tu peso. La competencia de natación es dentro de poco, ¿te acuerdas?

Me sonaban las tripas. Enfadado, cogí un buen puñado de los cereales húmedos que quedaban en el cuenco de Livvy y se los metí a Bradley por la nariz.

Mi mamá se dio la vuelta.

—¡Matt! —gritó, mirándome fijamente—. ¡Con la comida no se juega!

—Eso, Matt. Con la comida no se juega —repitió Bradley con una sonrisa.

En cuanto mi mamá nos dio la espalda, intentó coger las galletas de Livvy.

Mi mamá se volvió a dar la vuelta justo cuando Livvy le pegó un manotazo a Bradley.

—¡Livvy, nada de peleas! —dijo.

—Pero mamá…

¿No te lo dije? El tipo es insoportable.

Esta era la semana más importante de mi vida y no quería que el pesado de Bradley me la estropeara.

Me encantaría inventar algo para hacer que el raro ese desaparezca. O a lo mejor le puedo pedir que se pierda de vista. Pero no es tan sencillo.

Por un lado, es mi vecino y vive en la casa de al lado. Su mamá y la mía son socias en un negocio de venta de comida para fiestas que administran desde nuestras casas.

Eso quiere decir que Livvy, Bradley y yo pasamos mucho tiempo juntos.

Y hay otro problema: Bradley me adora.

Justo esta mañana, Bradley puso sus manazas por toda mi camiseta del equipo de natación.

—Matt, ¿me regalas esa camiseta? ¿De dónde la has sacado? Es increíble. Te queda un poco pequeña, ¿no?

Siempre quiere vestirse como yo. Cree que así será popular en la escuela. Triste, ¿no?

El pesado nunca deja de hablar.

—¿Viste anoche la película de terror? ¿*Garras*? Me dio un miedo terrible. ¿Viste cuando las dos garras salieron del sótano y agarraron al chico por los hombros? —dijo y sujetó con fuerza los hombros de Livvy—. Así. ¡Ja ja! ¡Soy GARRAS, el despedazador!

—¡Para! ¡Suéltame! —gritó mi hermana.

—Livvy —protestó mi mamá—. ¡Deja de gritar!

Bradley se rió. Esperó a que mi mamá saliera de la cocina y entonces sacó una lata pequeña, de color naranja y negro, del bolsillo.

—Matt, mira esto. Vamos. Abre la tapa. ¿A que no te atreves?

—¿Qué quieres ahora? —dije molesto.

Worm se pasa el día en la computadora. Se dedica a jugar juegos de ciencia ficción hasta tarde en la noche y se pasa el día buscando todo tipo de cosas extrañas en Internet.

Me puso la lata en la cara.

—Vamos, ábrela —dijo.

Le empujé la mano.

—Ni hablar.

—Está bien. Lo haré yo —dijo sonriendo.

Puso la mano en la tapa y empezó a girarla. Entonces, de pronto, se detuvo y abrió los ojos muchísimo. Se le borró la sonrisa de la cara.

—¡CUIDADO! —gritó—. ¡Va a EXPLOTAR!

La tapa se abrió y cayó al suelo. Observé la lata. Estaba vacía.

Bradley se rió.

De pronto, olí algo. Un olor denso y putrefacto salió flotando del interior de la lata. Olía a pescado, pero mucho peor. Como si fuera leche agria de un año.

—Puaaaaaj—. Me llevé las manos al estómago asqueado e intenté aguantar la respiración.

Demasiado tarde. El olor nauseabundo se me había metido en la nariz. ¡Y lo podía notar hasta en la boca!

—¡Ay!—. Sentí un vuelco en el estómago y me entraron unas arcadas espantosas.

Me puse de pie de un salto y salí disparado al baño. Livvy también empezó a sentir arcadas y salió corriendo detrás de mí, tapándose la boca con la mano.

Podía oír a Bradley partiéndose de risa. El tipo es tan insoportable que hasta su risa parece el rebuzno de un burro.

Apoyado en el lavabo, respiré profundamente unas

cuantas veces. Sentía que el estómago me daba vueltas y no podía quitarme ese olor asqueroso de encima. Se me había pegado a la ropa. Eché un vistazo a la hora. No tenía tiempo para cambiarme. ¡Iba a oler a leche agria todo el día!

Volví arrastrando los pies hasta la cocina. Bradley seguía riéndose a carcajadas de su bromita estúpida.

—¡Ha estado genial! —dijo sin parar de reír—. ¡Se pusieron verdes!

Me mostró la lata.

—Mira lo que es.

En la etiqueta con letras grandes y negras decía: **ATAQUE DE GAS. ¡PERFECTO PARA FIESTAS!**

Livvy tenía lágrimas en los ojos y las manos en dos puños. Sabía que quería matar a Bradley. Yo también.

—¡Apestan! —dijo Bradley. Y volvió a rebuznar como un burro.

¿Qué puede ser más humillante que ir al colegio con Bradley todas las mañanas? Livvy, sin perder ni un segundo, salió corriendo con su coleta rebotando en la mochila.

—¡Adiós, tontos! —gritó.

Me dejó colgado con él, así que no tenía escapatoria.

Vivimos a tan solo tres cuadras de la Escuela Secundaria Shandy Hills, pero con Worm a mi lado siempre me parecen tres kilómetros.

—Tengo las mismas zapatillas que tú —dijo y me

dio un pisotón—. Pero las mías no están tan acabadas.

—Déjame en paz —murmuré.

Avanzó un par de pasos, se puso justo delante de mí y me puso la mano en el pecho para que me detuviera. Entonces, abrió su mochila y empezó a buscar algo.

—Júrame que no le vas a contar a nadie lo que te voy a enseñar —susurró—. Tengo algo que compré por Internet que va a dejar al Sr. Scotto alucinado.

—Sí, ya —dije, alejándome de él—. Si es otra de tus latitas apestosas, ¡te la puedes quedar!

—No, esto es en serio —dijo apartándose una mosca de su pelo marrón. Entonces, sacó de la mochila un bote pequeño de cristal—. Esto no es broma. Esto es de verdad.

Un autobús escolar pasó retumbando a nuestro lado y dobló en la calle Willis. Miré a mi alrededor. No había nadie a la vista.

—Bradley, vamos a llegar tarde —dije.

No soporto llegar tarde. Como buen deportista siempre tengo que ser el primero, no el último.

Bradley giró la tapa del bote de cristal. Dentro había una roca blanca.

—¿Sabes lo que es esto? —preguntó Bradley. Le brillaban los ojos marrones—. No te molestes en intentar averiguarlo. Es una roca del planeta Venus.

—¿Qué? —pregunté—. ¿Estás bromeando? Bradley, ¿cómo has podido creer semejante estupidez?

—¡Tú sí que eres un estúpido, Matt! —gritó—. Es

7

de verdad. Una de las sondas espaciales la trajo de vuelta. Sólo hay diez rocas como esta en toda la Tierra y yo la gané en una subasta. ¿No es increíble que sólo me haya costado veinte dólares?

Negué con la cabeza sin saber qué decir. Bradley y yo tenemos doce años y ya somos lo suficientemente mayores para saber que no puedes comprar una roca de Venus por veinte dólares.

Mi vecino sacó la piedra del bote y me la puso en la mano con mucho cuidado.

—¿Me dará puntos con el Sr. Scotto o no? —preguntó—. No te pongas celoso, Matt, pero con esto seguro que gano el Premio de Ciencias.

El Premio de Ciencias es algo muy especial. Yo llevaba semanas trabajando en mi proyecto.

El Sr. Scotto es nuestro profesor de Matemáticas y Ciencias, pero también es famoso en todo Shandy Hills. De joven fue astronauta y este año había creado un concurso en el colegio. Prometió dar quinientos dólares y un mes gratis en un Campamento Espacial de la NASA a quien creara el proyecto más original de Ciencias.

Increíble, ¿verdad?

Como a mí las Ciencias se me dan muy bien, todo el mundo cree que se me ocurrirá algo genial. De hecho, creo que ya tengo una buena idea, pero ¿cómo iba a competir con una roca del planeta Venus? No podía ser de verdad.

Le di la vuelta a la roca en mi mano y la estudié

atentamente. Era sólida, blanca, parecía tiza, y muy fría al tacto.

—¡Oye, espera un momento!—. Me la acerqué a la cara e hice un verdadero esfuerzo para poder leer las palabras que tenía grabadas.

—¿Qué te pasa? —dijo Bradley—. Devuélvemela.

—Bradley, tengo malas noticias —dije—. ¿Es que no has leído lo que dice aquí?

Bradley pestañeó.

—¿Lo que dice ahí?

Asentí.

—Sí, dice "Hecho en China".

—¡Qué chistoso! —dijo molesto—. ¡No tiene ninguna gracia!

Me quitó la roca de la mano, se la acercó a la cara y se quedó congelado.

De verdad decía HECHO EN CHINA.

Bradley se encogió de hombros.

—No pasa nada —dijo.

Bradley dice eso mil veces al día: "No pasa nada… No pasa nada…".

Qué pesado.

—No pasa nada—. Echó el brazo hacia atrás y lanzó la roca hacia la señal de pare que había en la esquina.

La roca rebotó en el metal y, entonces, me quedé horrorizado al ver que dio en el parabrisas de un auto que pasaba por ahí justo en ese momento.

Todo sucedió rápidamente. El sonido de la roca al

golpear el parabrisas. El instante en que atravesó el cristal y el chirrido del frenazo.

A través del cristal roto pude ver la mirada furiosa del conductor.

Bradley gimió.

—¡No lo puedo creer! Estaba apuntando al pare.

Cuando vio al conductor que nos miraba fijamente, Bradley me señaló y gritó lo más alto que pudo:

—Matt, ¿por qué has tirado esa roca?

Después, salió corriendo calle abajo.

A mí no me dio tiempo a salir corriendo. La puerta del conductor se abrió de golpe y el conductor salió del auto.

Solté un gemido al ver quién era: nuestro profesor, el Sr. Scotto.

3

Más tarde, a la hora del almuerzo, no tenía hambre. Puse en la bandeja el primer sándwich que vi y una manzana. Hasta se me olvidó coger una bebida. Supongo que seguía en estado de shock.

Llevé mi bandeja por el comedor hasta la mesa donde se sientan mis amigos del equipo de natación y me dejé caer en la silla con un suspiro.

—Matt, ¿qué te pasa? —preguntó Kenny Waters. Aplastó una lata con la mano y se la lanzó a un grupo de chicas de la mesa de al lado. Las chicas empezaron a gritar y decirle cosas.

—Esta mañana he tenido un pequeño encuentro con el Sr. Scotto —murmuré.

—¡Seguro que no ha sido nada! —contestó Kenny—. No se va a meter con su alumno preferido.

—No, en realidad no se metió conmigo —dije. No quería hablar del tema. Estaba intentando sacármelo de la cabeza, pero no era fácil.

Esa mañana, cuando el Sr. Scotto salió del auto

hecho una furia, cargué con toda la culpa y no acusé a Bradley porque no soy un soplón.

El Sr. Scotto es musculoso, alto y atlético. Siempre está haciendo ejercicio. Sus bíceps deben medir casi medio metro. Es decir, no quieres tenerlo en contra tuya.

Parece uno de esos astronautas que salen en la tele con el pelo muy corto, la frente ancha y morena y unos ojos azules que parece que te atraviesan como si fueran rayos láser.

De hecho, me había atravesado con sus rayos láser.

—Lo siento mucho —le dije—. Fue un accidente. La roca se me resbaló de la mano, rebotó en la señal y...

Normalmente sé qué hacer en estos casos, pero el Sr. Scotto estaba muy enfadado. Dijo que el auto solo tenía un mes.

Él sabe que yo no soy un mal chico y me dio la impresión de que creyó que había sido un accidente.

—Seguramente el seguro lo cubre —dijo—. Si no es así, tendré que llamar a tus padres.

Suspiré. Era mi culpa. A lo mejor tenía que haberle dicho que había sido Bradley. La amenaza del Sr. Scotto de llamar a mis padres me retumbó en la cabeza durante toda la mañana. Cada vez que pensaba en lo que había pasado me enfadaba más.

"Bradley es un verdadero gusano —me decía a mí mismo—. Se va a enterar. Tengo que hacer algo".

Se me ocurrió un nuevo invento al que le pondría

por nombre Lata de Bradley. Cuando abrías la tapa, salían volando un montón de gusanos asquerosos.

La idea me hizo reír.

De pronto, noté un golpecito en el hombro.

—¿Sí o no? —preguntó Kenny.

Lo miré con la mente en blanco.

Él se rió.

—¡Hoy estás en la Luna! —dijo—. Estábamos hablando de la competencia de natación de esta semana.

—¿Estás preparado? —preguntó Jake Deane—. ¿Vas a hacer prácticas extras con el entrenador?

"¿Cómo? ¿Prácticas extras?"

—Eh... sí, claro —dije.

Sonó la campana. Me puse de pie y cogí la bandeja. No había comido nada.

"Tengo que quitarme este asunto de la cabeza —pensé—. Tengo que olvidarme de Bradley y dedicar toda mi energía a la competencia de natación".

Al día siguiente, me senté en mi sitio en la clase de Matemáticas del Sr. Scotto y puse la mochila en el suelo. Por supuesto, Bradley se sienta a mi lado. ¿En qué otro sitio iba a sentarse? ¡Es como mi sombra!

Me dio un golpecito en el hombro.

—Hola. ¿Qué pasa?

Le aparté la mano y miré hacia delante. Lo estaba ignorando por completo. A lo mejor así se daba cuenta de que no quería nada con él.

Tuvimos un examen de Matemáticas: veinte ecuaciones de álgebra para resolver.

Eran bastante fáciles. Se me dan bien las Matemáticas. Las ecuaciones son como resolver rompecabezas y me encantan los rompecabezas.

Me eché hacia delante, encima de mi examen y empecé a escribir las respuestas con lápiz. A mi lado, oí que la silla de Bradley chirriaba. Lo miré de reojo.

No lo vas a creer. El gusano estaba copiando mis respuestas.

Volví a mirarlo. No, no me lo estaba imaginando. Bradley realmente estaba copiando mi examen.

¿Se habría dado cuenta el Sr. Scotto?

Miré alrededor de la clase. No. Nuestro profesor estaba en su escritorio, leyendo un libro. Miraba el reloj una y otra vez. Sólo nos quedaban diez minutos para terminar.

Menos mal. Me sentí un poco aliviado. No pilló a Bradley copiando.

Pero entonces noté el aliento de Bradley en el cuello. Y oí que me susurraba:

—Oye, no vayas tan rápido.

Demasiado alto.

Algunos chicos se dieron la vuelta.

Yo me quedé congelado. Se me cayó el lápiz de la mano.

El Sr. Scotto se puso de pie.

—¿Qué está pasando aquí? —soltó. Entrecerró los

ojos y nos miró a Bradley y a mí—. ¿Están comparando las respuestas?

—Matt, no sé por qué siempre tienes que enseñarme tus respuestas —dijo Bradley lo suficientemente alto para que lo oyera toda la clase—. Puedo hacer el examen yo solo.

Casi se me para el corazón.

Esta vez no iba a cargar con la culpa de Bradley.

En nuestro colegio, copiar es algo muy grave. Sabía que me podían suspender. ¿Y qué pasaría entonces con mi competencia de natación? Mis compañeros de equipo contaban conmigo. Era el campeonato más importante de toda mi vida.

¿Y qué dirían mis padres si me lo perdiera?

¿Cómo me podía hacer esto Bradley?

—Matt, Bradley, pongan los lápices en la mesa —dijo el Sr. Scotto—. Tengo que hablar con ustedes—. Con un gesto, nos pidió que fuéramos hacia el frente de la clase.

Apenas podía respirar. No podía creer que me estuviera pasando eso.

—No pasa nada —susurró Bradley, siguiéndome los pasos—. Eres su favorito. Seguro que nos sacas de esta.

El Sr. Scotto se pasó la mano por la cabeza. Nos miró a los dos, moviendo la cabeza.

—En mi clase no hay sitio para la gente que copia —dijo secamente—. Me gustaría que se quedaran en el pasillo hasta que termine el examen. A los dos les voy a poner un cero.

—Pe... pero —tartamudeé—. No ha sido culpa mía. Yo no hice nada. Fue Bradley. Él...

El Sr. Scotto levantó una mano para que me callara.

—Ni una palabra más —dijo—. Ya sabes lo que opino sobre la responsabilidad.

No me quería escuchar.

—¿Nos va a... suspender? —pregunté con voz temblorosa.

—Todavía no lo he decidido —contestó.

Le eché una mirada furiosa a Bradley. Él se quedó ahí con su estúpida sonrisa en la cara.

"Seguro que Bradley va a decir que no pasa nada cuando salgamos al pasillo —pensé—. Y no me va a quedar otro remedio que darle una buena. Y entonces sí que me van a suspender. Y entonces le tendré que volver a dar otra vez".

El Sr. Scotto abrió la puerta del salón. Bradley salió al pasillo, todavía sonriendo.

Cuando iba a salir, el Sr. Scotto me detuvo.

—Oye, Matt —susurró—, está bien que intentes proteger a tu amigo Bradley, pero no lleves las cosas demasiado lejos. No debes dejar que te copie para ayudarlo. Con esta van dos, Matt. No sé qué mosca te ha picado. Sé que debes de estar nervioso por la competencia de natación, pero una más y no me dejarás otra opción. Te tendré que suspender del colegio.

—Pero Sr. Scotto, yo...

Cerró la puerta del salón detrás de mí. Miré a uno y otro lado del pasillo. Estaba vacío. Oí unas voces y risas en el salón de al lado.

Bradley estaba apoyado en un casillero. Me acerqué a él hecho una furia y lo cogí por la parte de delante de la camiseta.

—¿Por qué has hecho eso? —gruñí—. ¿Por qué copiaste mi examen?

Seguía con esa sonrisa bobalicona en la cara.

—Tú eres el rey de las Matemáticas, ¿no? —dijo—. ¿De quién más iba a copiar?

Después del colegio, recogí a Livvy de la Escuela Primaria Shandy Hills y fuimos andando a casa. Empezó a juguetear, dándome golpes con la mochila para intentar hacer que me cayera. Livvy tiene ocho años y cree que esas cosas son divertidas.

Pero yo no estaba de buen humor. Empecé a andar más rápido para alejarme de ella.

—He oído que hoy te metiste en un lío —dijo.

—¿Qué? —Me di media vuelta y la miré fijamente—. ¿Cómo lo sabes? Ni siquiera vas al mismo colegio.

—Oí a unos chicos comentarlo —dijo.

Genial. La mala noticia se había propagado por todo

el pueblo. El Estudiante Perfecto, Matt Daniels, es un copión.

Gracias, Bradley.

Bajé la cabeza y empecé a cruzar la calle. Las palabras del Sr. Scotto resonaban en mi cabeza: "Con esta van dos, Matt… Una más y no me dejarás otra opción. Te tendré que suspender del colegio".

Mi madre no estaba en casa, así que usé la llave. Subí las escaleras y abrí la puerta de mi cuarto.

—¡Oh, no! —grité—. ¿Qué haces aquí?

5

Bradley estaba delante de mi computadora portátil. Siguió escribiendo un rato y después se dio la vuelta.

—Tu computadora es más rápida que la mía —dijo—. No te importa si la uso, ¿verdad?

Me salió un rugido de la garganta. Noté que tenía las manos apretadas con fuerza, formando dos puños.

—También he cogido prestada esta camiseta de tu armario. La mía tenía una mancha —dijo—. A mí me queda mejor, ¿no? ¿Me la puedo quedar?

Se trataba de mi camiseta de colores que decía: PAZ, AMOR y ROCK & ROLL PARA SIEMPRE en la parte de delante. Era de mi papá. Me la había dado las Navidades pasadas. Era mi camiseta preferida.

Me puse delante de Bradley y lo agarré del cuello.

—¿Quieres que te mate ahora o después de cenar? —dije.

Él me sonrió. Creía que estaba bromeando.

—¿Qué mosca te ha picado, Matt? —dijo.

Retrocedí. Yo no soy una persona violenta. No podía permitir que Bradley me hiciera perder el control.

—¿Es que no entiendes? Hoy me has metido en una buena —dije.

Él sencillamente se encogió de hombros.

—No pasa nada —dijo.

—¿Cómo?—. No pude evitarlo. Lo volví a agarrar del cuello, pero consiguió liberarse y se puso fuera de mi alcance detrás de la silla de mi escritorio.

—Tú eres el preferido del Sr. Scotto —dijo Bradley—. Seguro que piensa que de mayor vas a ser astronauta o científico espacial o algo así. Sabes que haría cualquier cosa por ti.

—Pe… pero… —Estaba tan furioso que empecé a tartamudear—. ¿Es que no sabes lo importante que es esta semana para mí? Si la echas a perder, te vas a enterar. Te lo aseguro.

Bradley empezó a hurgar en los papeles que tenía en el escritorio. Cogió un cuaderno rojo.

—¿Son estos tus planes para el proyecto de Ciencias? —preguntó—. ¿Una jaula de pájaros con un chip de computadora dentro?

Se rió.

—Un chip en una jaula de pájaros. ¡Qué cosa más rara! —continuó diciendo.

—No es raro —dije—. El chip controlará las luces y la temperatura interior. Y también controlará el comedero de semillas automático.

Bradley lo pensó durante un momento.

—Impresionante —dijo—. Vas a ser un científico famoso. A lo mejor si me pego a ti, yo también lo seré.

Sí, ya. Lo que me faltaba.

Se puso de pie e hizo un saludo militar. Entonces salió de mi cuarto y bajó estrepitosamente por las escaleras. Solté un suspiro de alivio al oír que la puerta principal se cerraba detrás de él.

—Por fin se ha ido —murmuré y sentí que me hervía la sangre.

Sabía que me tenía que calmar. Así que llené mi regadera amarilla de agua y empecé a regar mis enredaderas con cuidado.

Tenía dos macetas cerca del armario. Sus hojas brillaban en la pared y llegaban casi hasta el suelo.

Pasaba mucho tiempo regándolas, limpiando las hojas y añadiendo tierra. Te diré un secreto: a veces hasta les hablo...

Cuidar de mis enredaderas siempre me calma. Las tengo porque las había usado para un proyecto de Ciencias. Quería saber si las plantas crecen a distinta velocidad si tienen distinta luz. Pero me las quedé porque me gustan y me gusta cuidarlas.

Las regué con cuidado. Después arreglé algunas hojas. Me di la vuelta y miré mi computadora portátil. ¿Qué había dejado Bradley en la pantalla?

Estudié la pantalla. Había dos ojos sanguinolentos mirándome fijamente. Y por debajo de ellos, con letras grandes y verdes, decía SANGRE DE MONSTRUO.

¿Qué sería eso de Sangre de Monstruo? ¿Uno de esos juegos que juega Bradley en Internet?

Busqué la X de la esquina superior derecha para cerrar la ventana. Pero no había X.

Le di a la tecla de SALIDA.

Los ojos me seguían mirando. Las palabras SANGRE DE MONSTRUO empezaron a derretirse, como si fueran coágulos espesos de babas verdes.

Le di a la tecla de BORRAR una y otra vez. Intenté otras teclas.

No podía salir de aquella pantalla. Hiciera lo que hiciera, los ojos inyectados en sangre me seguían mirando.

Entonces oí una voz chirriante que empezó susurrando y luego decía cada vez más alto:

—Disfruta tu Sangre de Monstruo... Disfruta tu Sangre de Monstruo... Disfruta tu Sangre de Monstruo...

La voz fría y carrasposa me puso la carne de gallina.

Apreté el botón para apagar el sonido que salía de la computadora. ¿Se calló?

No. Los susurros siguieron oyéndose.

—Disfruta tu Sangre de Monstruo... Disfruta tu Sangre de Monstruo... Disfruta tu Sangre de Monstruo...

Volví a apretar el botón para apagar el sonido una y otra vez.

—Disfruta tu Sangre de Monstruo...

¿Qué estaba pasando? ¿Por qué no funcionaba?

El corazón me iba a mil por hora. ¿Qué le había hecho Bradley a mi computadora?

La cerré de golpe. Esperé un minuto o dos para que se apagara.

Cuando volví a levantar la tapa, los ojos me seguían mirando. Me miraban como si pudieran verme. Las palabras SANGRE DE MONSTRUO se derretían en la pantalla. Y la voz volvió a susurrar una y otra vez:

—Disfruta tu Sangre de Monstruo... Disfruta tu Sangre de Monstruo... Disfruta tu Sangre de Monstruo...

—¡NOOOOO! —grité.

Arranqué el cable de la computadora y le di la vuelta. Empecé a abrir la tapa donde estaba la pila y por fin, la saqué.

Respirando muy rápido, miré la pantalla. La computadora no tenía electricidad de ningún tipo.

Pero los ojos rojos seguían mirándome fijamente. Y la voz carrasposa seguía diciendo su mensaje:

—Disfruta tu Sangre de Monstruo... Disfruta tu Sangre de Monstruo... Disfruta tu Sangre de Monstruo.

—¡AAAHHHHH!—. No lo pude evitar. Solté un grito de furia y cerré la computadora de golpe.

Livvy entró en mi habitación; venía del cuarto de baño. Tenía una toalla envuelta en la cabeza. Se le había quedado un poco de espuma del champú en la frente.

—Matt, ¿qué pasa? —gritó—. ¿Te has hecho daño?

—¡Bradley! —grité, dando puñetazos en el aire.

Abrió sus ojos azules sorprendida. Sabía que yo siempre era el más calmado de la familia, el que suele reaccionar bien en las emergencias.

Solo hay una cosa en el mundo que me hace perder la razón: Bradley Wormser.

—Me ha hecho otra de sus bromitas —dije—. Ha hurgado en mi computadora y ahora no la puedo apagar.

—¿No la puedes apagar? ¿De verdad? ¿Has intentado desenchufarla y quitarle la pila? —preguntó

25

Livvy. A ella se le dan bastante bien las computadoras para tener ocho años.

—Por supuesto que lo he intentado —solté. La aparté al pasar a su lado y salí de mi habitación.

—Matt, ¿a dónde vas?

—A casa de Bradley —dije.

—¿Vas a golpearlo? ¿Puedo ir contigo?

No contesté. Bajé lleno de furia por las escaleras, crucé el jardín de mi casa y entré en la casa de Bradley por la puerta de la cocina. La cocina estaba bien iluminada y olía a canela. Sus padres debían de estar horneando algo.

Bradley estaba cerca del fregadero, aplastando una magdalena con la mano. Tenía crema de vainilla por toda la boca.

—Perdona que no te ofrezca —dijo—. Pero es la última.

Miré mi camiseta de colores. Vi que tenía una mancha en el bolsillo.

—¡Dame mi camiseta! —grité—. ¡Ahora mismo!

—Pero bueno —dijo asombrado. Se metió toda la magdalena en la boca y tragó sin masticar—. ¿Cuál es tu problema, Matt? Solo la he cogido prestada.

—¡Devuélvemela! —exigí. Avancé por la cocina hacia él.

—Está bien —dijo y empezó a quitarse la camiseta. Estaba tan flaco que podía verle las costillas.

—¿Qué le has hecho a mi computadora? —pregunté—. ¿Te crees muy gracioso?

Me dio la camiseta.

—¿Qué?

—Has estado jugando con mi computadora —dije—. Una de tus bromitas estúpidas. Has hecho algo para que no la pueda apagar.

Movió la cabeza.

—De eso nada. Estás loco.

—¡Eres un mentiroso! —grité.

—De eso nada —repitió. Se removió su pelo despeinado con las dos manos—. ¿Es que estás enfermo o qué te pasa? Te estás portando como un loco.

Miré sus delgadas costillas.

—Y tú pareces un pollo desplumado —dije riéndome—. Todo el mundo te llama gusano, pero en realidad te deberían llamar Huesos de Pollo.

Se le encendió la cara y se puso rojo.

—¿Ah, sí? —gritó. Sabía que le había dolido—. No vas a reírte de mí por mucho tiempo más.

Me volví a reír.

—Ya verás —dijo Bradley—. He encontrado algo increíble. Va a hacer que me ponga más fuerte que tú, Matt. Entonces aprenderás a tratarme con respeto.

—Eso va a ser difícil para un montón de huesos de pollo —dije.

Ya sé, ya sé. No estuve muy brillante, pero seguía demasiado enfadado para pensar con claridad.

Me di media vuelta y salí dando pisotones de la cocina. Por lo menos había conseguido que me devolviera la camiseta. Eso me hizo sentir un poco mejor.

Una vez afuera, me giré y miré por la ventana. Bradley estaba cogiendo otra magdalena.

Cuando llegué a casa, mamá estaba sentada en la mesa de la cocina. Tenía un vaso grande de té con hielo en la mano.

Al verme entrar, miró el reloj que hay encima del fregadero.

—Hola, Matt. ¿Estabas en la práctica de natación?

—No —dije, enrollando la camiseta en la mano—. Fui a que Bradley me devolviera algo.

—Estoy agotada. Acabo de estar en la casa de al lado. Shirley y yo hicimos como ocho docenas de magdalenas de vainilla y chocolate. ¿Te imaginas?

Hice una mueca.

—Bradley ya se las está comiendo —dije.

Mamá protestó.

—Shirley y yo le dijimos que no podía tocarlas. Son para la gran fiesta del sábado.

—Reconócelo, mamá. Es un tipo raro —dije.

Mamá frunció el ceño.

—No digas eso. Es tu amigo. Se conocen de toda la vida. Además, Bradley sabe que no puede competir contigo en los deportes o en Ciencias o en popularidad. Así que hace todas esas cosas para llamar la atención.

—Sigue siendo un tipo raro —dije.

Mi teléfono celular vibró. Lo saqué del bolsillo y vi que tenía un mensaje de Bradley:

¿ME DEVUELVES LA CAMISETA? A MÍ ME QUEDA MEJOR.

Estuve trabajando en mi proyecto de Ciencias hasta
pasada la media noche. A la mañana siguiente, me
desperté un poco tarde. Me puse mi suéter blanco y
negro de los Raiders y unos pantalones y bajé
corriendo a desayunar.

Bradley ya estaba sentado a la mesa de la cocina,
tragándose una tostada. Se levantó cuando yo entré.

—Mira esto —dijo, estirando los brazos.

Llevaba puesto el mismo suéter de los Raiders
que yo.

—¡Somos gemelos! —dijo, y me dio una palmada
en la espalda.

Una buena manera de empezar el día...

—Matt, ¿quieres huevos? —preguntó mamá.

—No tengo tiempo —murmuré—. Tengo que
cambiarme de suéter.

Antes de que empezara la clase, el Sr. Scotto me pidió
que pasara al frente.

Me daba vueltas la cabeza. ¿Qué había hecho mal esta vez? No se me ocurría nada.

¿Querría hablar de su parabrisas roto otra vez?

El corazón me empezó a latir con fuerza a medida que me acercaba a su escritorio.

—Buenos días —dijo suavemente. Me cogió del brazo y me llevó al pasillo, lejos de los otros niños.

Había chicos todavía en los casilleros o yendo a sus clases. Estudié la cara del Sr. Scotto. No sabía si estaba enfadado o no.

Olía a menta. Creo que es la colonia que usa después de afeitarse. Tenía un pequeño corte en la barbilla.

Se apoyó en la pared de baldosas.

—¿Cómo van las cosas? —preguntó.

—Supongo que bien.

—Solo quería decirte que estás haciendo un gran trabajo con Bradley.

Lo miré fijamente. ¿Bradley? ¿Qué tipo de trabajo estaba haciendo yo con Bradley? ¡No lo soportaba!

—Me dijo que lo ayudaste a concebir una idea para su proyecto de Ciencias. Me enseñó sus planes para la jaula de pájaros computarizada. Es genial.

—¿Su QUÉ?

—Vas a tener que trabajar mucho para superarlo, Matt —dijo el Sr. Scotto—. Bradley desde luego está a la cabeza en la competencia para el Premio de Ciencias. ¡Su jaula de pájaros es brillante!

Oh, no. Por favor, no.

Esto era demasiado. No podía hablar. No podía pensar.

Sentía que la cabeza me iba a explotar como un globo. Nunca me había sentido tan enfadado y furioso en mi vida.

¿Cómo me podía hacer eso Bradley? ¿Realmente pensaba que podría salirse con la suya? ¿Ganar el premio robándome la idea?

Apreté los puños con tal fuerza que las uñas se me clavaron en las palmas de la mano.

—Ehh... Sr. Scotto —dije entre dientes—. Tengo que decirle algo sobre esa idea.

El Sr. Scotto me sonrió.

—Lo que estás haciendo por Bradley está muy bien —dijo—. Creo que voy a perdonar lo que pasó ayer. Dejaré que repitas el examen de Matemáticas.

—Ehh... gracias —murmuré. ¿Qué podía decir? Necesitaba sacar buena nota en Matemáticas. Pero no podía dejar que Bradley se saliera con la suya y me robara el proyecto, ¿verdad?

El Sr. Scotto miró el reloj y entró en la clase.

Las puertas de los casilleros se cerraron. El pasillo se estaba quedando vacío.

Intenté calmarme. Pero entonces vi a Bradley en la esquina, enseñándole su suéter de los Raiders a un grupo de niñas. No pude aguantarme.

Me abalancé contra él. Lo agarré con fuerza de las manos y lo estampé contra un casillero.

Él tropezó y me miró sorprendido. Se le cayeron las gafas al suelo.

Detrás de mí se había reunido una multitud. ¿De dónde habían salido?

—¡LUCHA! ¡LUCHA! ¡LUCHA! —empezaron a repetir.

—¡LUCHA! ¡LUCHA! ¡LUCHA!—. Sus voces me resonaban en los oídos.

Lo veía todo rojo. Sabía que había perdido el control, pero no lo podía evitar.

Apreté a Bradley contra el casillero con las dos manos.

Oí la voz de una mujer muy enfadada que venía por el pasillo.

—¿Qué está pasando aquí?

Era la Sra. Grant. La directora.

Las voces pararon. Los chicos que estaban detrás de mí ni se movieron.

La Sra. Grant se abrió paso entre la multitud. Es una mujer bajita, frágil y mayor. Usa faldas y suéteres grises. Parece como una golondrina, con su pelo corto y blanco.

—¡Para! ¡Para! —gritó. Me agarró del brazo y me separó de Bradley.

—Matt, ¿te estás peleando? —preguntó, todavía agarrándome del brazo.

Oh, no. Oh, no. Oh, no.

Inmediatamente me di cuenta de que me había metido en un lío ENORME.

Van tres. Las palabras aparecieron de repente en mi cabeza.

La Sra. Grant me soltó el brazo poco a poco. Me miraba con dureza con sus ojos negros de golondrina.

"A la tercera va la vencida", pensé.

Bradley se echó a un lado, estirándose su suéter de los Raiders. Tenía la cara muy pálida. Se agachó para recoger sus gafas.

—Sabes que no me queda otra opción —dijo la Sra. Grant—. Las normas del colegio no permiten peleas de ningún tipo. Te tengo que suspender, Matt.

—Yo... yo... —quería explicárselo. ¿Pero qué iba a decir?

La Sra. Grant movió la cabeza.

—No lo puedo entender —dijo suavemente—. ¿Por qué has hecho esto justo el día antes de la competencia de natación? Sabes perfectamente lo mucho que tu equipo te necesita.

"Esto no está pasando —pensé—. Esto no le puede estar pasando a un chico bueno como yo".

La Sra. Grant señaló el final del pasillo.

—Ve a vaciar tu casillero —dijo—. Lo siento mucho, Matt, pero las normas son las normas. Voy a llamar a tu madre ahora mismo para contárselo. Estás suspendido del colegio durante una semana.

Sentí una gran debilidad en las piernas. Tenía la boca abierta y no podía creer lo que pasaba. Noté unas gotas de sudor que me bajaban por la frente.

—Vamos —dijo la Sra. Grant, señalando otra vez hacia mi casillero.

De pronto, Bradley habló.

—¡Pero si no nos estábamos peleando! —dijo.

La Sra. Grant lo miró con los ojos entrecerrados.

Bradley me puso el brazo alrededor de los hombros.

—Matt y yo somos íntimos amigos —dijo—. Solo estábamos bromeando.

La directora frunció el ceño. No sabía si creerle.

—No era una pelea para nada —dijo Bradley—. Estábamos representando una escena que vimos ayer en la tele.

—Sí, es verdad —añadí—. Era una pelea alucinante. Dos tipos se estaban dando una paliza increíble. Bradley y yo pensamos que era muy divertido. Hacíamos como si fuéramos ellos.

—Es verdad —mintió Bradley. Todavía tenía el brazo alrededor de mi hombro como si fuéramos muy amigos.

Me limpié el sudor de la frente con el reverso de la mano. Todavía me temblaban las piernas.

¿Creería nuestra historia la Sra. Grant? Tenía que creerla o si no estaba completamente perdido.

Nos estudió a ambos, frotándose su barbilla puntiaguda. El pasillo estaba en silencio. En mi vida había oído un silencio tan absoluto.

—Está bien —dijo por fin—. Vuelvan a clase ahora mismo. —Se dirigió a mí—. Me resultaba difícil creer que te pelearas en el colegio, Matt. Eres demasiado listo para eso.

—Gracias —dije.

Se dio media vuelta y dijo:

—No más programas de violencia en la tele. Deberían ver el canal del National Geographic.

Bradley tenía una gran sonrisa en la cara. Sus ojos marrones parecían brillar de la emoción. Me chocó las cinco.

—Oye, te he salvado la vida —susurró.

Esperé a que la Sra. Grant diera vuelta a la esquina. Entonces le pegué un empujón con rabia.

—Debería partirte la cara —dije.

—¿Qué? —contestó.

—¡Me dañas la computadora con esa estupidez de la Sangre de Monstruo! —grité—. Y después de eso,

¡me robas el proyecto de Ciencias! Te lo advierto. Después de la competencia de natación, más te vale esconderte porque voy a arreglar cuentas contigo.

—No te preocupes —contestó Bradley—. Te puedes quedar con tu estúpida jaula de pájaros. Tengo algo mejor. Algo alucinante. Me va a llegar dentro de nada. Y cuando llegue, toda mi vida va a cambiar, ¡radicalmente!

Yo me reí.

—¡Tú siempre serás un gusano! —dije.

—Ya veremos —dijo Bradley—. Te lo demostraré esta noche. Dentro de poco vas a dejar de insultarme.

Después del colegio tuve práctica de natación durante dos horas. Competimos un montón de veces entre los miembros del equipo. El entrenador Widdoes nos daba consejos después de cada competencia.

El campeonato era al día siguiente. ¡En menos de veinticuatro horas!

Esta era la última ronda de práctica.

Yo competiría en tres categorías: 100 metros estilo libre, 500 metros estilo libre y 200 metros mariposa. Nadie me podía ganar en ninguna de estas categorías. Siempre les ganaba a todos.

Pero esa tarde, Kenny Waters y Jake Deane habían empatado conmigo en dos de ellas. Después de empatar por segunda vez en mariposa, estábamos apoyados en el borde de la piscina, intentando recuperar el aliento. Se quitaron el agua de la cara y los dos me miraron sorprendidos.

Jake se rió.

—¿Me he vuelto más rápido o tú te has vuelto más lento? —preguntó.

Le escupí agua de la piscina.

—Dejé que empataran —bromeé—. Quería que se hicieran ilusiones.

El entrenador Widdoes se agachó donde estábamos en la piscina. Es alto y delgado, tiene el pelo negro de punta y los brazos más peludos que he visto en mi vida. Todos lo llamamos el Lobo, pero no a la cara.

—Concentración, Matt —dijo y se tocó la sien—. El truco no está en la fuerza física, sino en la concentración. ¿Entiendes lo que digo?

Asentí y yo también me toqué la sien.

Widdoes es una persona muy lista. Supongo que vio que mi mente estaba en otro sitio.

Al terminar, me cambié rápidamente y empecé a andar a casa. El sol ya estaba poniéndose por detrás de los árboles. El aire se había vuelto frío y las sombras se reflejaban en las aceras.

Estaba a media manzana de mi casa cuando dos hombres salieron de detrás de un coche y me bloquearon el camino.

—Oye —grité.

Los dos llevaban pantalones negros y sudaderas con capuchas negras. Las capuchas les tapaban la mitad de la cara. Apenas les podía ver sus rostros con las sombras de la tarde.

Intenté rodearlos, pero se acercaron más a mí.

—Oye, muchacho, no te muevas —dijo uno de ellos con una voz baja y profunda.

—¡Déjenme en paz! —grité—. ¿Qué quieren?

Los dos eran tan grandes y corpulentos como troncos de árboles. Sus ojos oscuros brillaban por debajo de las capuchas.

Me recorrió un escalofrío por la espalda. Quería correr pero me temblaban las piernas y apenas me podía mantener de pie. Podía ver mi casa. Estaba tan, tan cerca.

Uno de los dos estiró su gran manaza. Tenía anillos con piedras preciosas en todos los dedos.

—No te resistas, muchacho —dijo.

—Eso —añadió su compañero. También sacó una mano. Tenía un tatuaje con una araña en la palma de la mano—. Si nos lo das, no habrá ningún problema —dijo.

Intenté tragar. De pronto sentí la boca seca como el algodón.

—¿Qué? ¿Darles qué? —balbuceé—. ¿Quiénes son?

—Somos tus amigos —contestó Tatuaje de

Araña—. Sólo queremos ayudarte—. Miró hacia atrás, para ver si venía alguien.

—Pe… pero… —tartamudeé.

—No te hagas el asustado —dijo Miles de Anillos—. Tú lo pediste, pero ahora nos lo tienes que devolver.

Miré alrededor. ¿Por qué no había nadie en la calle? ¿Alguien que pudiera rescatarme?

—¿Yo lo pedí? —dije. Mi voz sonó de lo más chillona—. Yo no he pedido nada.

—Vamos, muchacho —dijo Tatuaje de Araña—. No nos lo pongas difícil. Se cometió un grave error.

—Es cierto —añadió su compañero—. Esa cosa es peligrosa. Muy peligrosa. No es broma. No podemos dejar que te quedes con ella—. Sus ojos no paraban de ir de un lado a otro.

—Nunca debimos haberlo mandado —dijo Tatuaje de Araña—. Nos meteríamos en un lío ENORME si alguien se enterara.

—¿Lo llevas encima? —preguntó su compañero—. ¿Lo tienes en la mochila? Dámelo y ya está, ¿vale? Sin problemas.

—No —empecé—. Ya les dije que no…

Miles de Anillos señaló mi casa.

—¿Lo tienes en tu casa? Nos lo puedes dar ahí. Iremos contigo.

¿Qué querían? ¿Qué podía ser tan peligroso? ¿Por qué lo querían de vuelta tan desesperadamente?

No sabía qué contestarles. Sólo sabía que yo no lo tenía.

—Se han equivocado —dije—. Yo…

Unas luces blancas nos iluminaron. Intenté ver las caras de los hombres. Eran duras, con aspecto rudo.

Me di la vuelta y vi un auto verde que se paraba cerca de la acera. Se abrió la ventanilla del pasajero y el Sr. Scotto sacó la cabeza.

—Matt, ¿cómo va todo? ¿Qué tal la práctica?

Me lancé al auto, agarré la manilla de la puerta y me acerqué al Sr. Scotto.

—Esos dos hombres —susurré— me dan mucho miedo. No sé qué quieren.

El Sr. Scotto abrió los ojos y miró detrás de mí.

—¿Hombres? —dijo—. No veo ningún hombre.

Me di la vuelta.

Se habían desvanecido en el aire.

10

Después de cenar me fui a mi cuarto y me ocupé de mis enredaderas. Las estaba podando con unas tijeras.

Me quedé sin aliento al notar unos dedos fríos y fuertes que me agarraban el cuello.

—¡Oye!

Livvy se rió y apartó las manos.

—¿Por qué te gusta asustarme así? —pregunté.

Ella se encogió de hombros.

—Porque es divertido.

—Tráeme una bolsa de basura para meter estas hojas —dije.

—¿Qué te has creído, que soy tu esclava? —Me empujó y se alejó bailando—. Esas plantas se están extendiendo por todo el suelo —dijo—. Es como una película de miedo. Una noche van a meterse en tu cama y te van a estrangular.

Livvy tenía mucha imaginación.

—Si crecen tanto, llegarán a tu cuarto —dije.

Oí unos pasos por las escaleras. Unos segundos más tarde, Bradley apareció en mi cuarto.

—¡Mis dos personas preferidas! —exclamó.

—Adiós —dijo Livvy mirando al techo y alejándose a toda velocidad.

Bradley se acercó hasta donde yo estaba con una sonrisa de emoción en la cara. Llevaba unos pantalones caqui y mi sudadera del equipo de natación de Shandy Hills. Yo no se la había dado. Seguramente la robó de mi armario.

—Mira esto —dijo sin aliento.

Podía oler la salsa de espaguetis en su aliento. Intenté alejarme, pero me tenía acorralado.

Acercó una especie de huevo verde y pequeño.

—Lo he sacado de la caja. No pude esperar más. Esto lo va a cambiar todo —dijo. Estaba tan emocionado que le temblaban las manos al sujetar el huevo—. Lo compré por Internet en un sitio secreto. ¡Estoy supernervioso!

Miré el huevo de plástico. Era del mismo tamaño que un huevo normal.

—¿Qué tipo de sitio secreto? —pregunté.

—Es un sitio al que no puedes entrar a no ser que sepas las tres contraseñas —dijo Bradley.

Movió el huevo verde delante de mi cara.

—¿Sabes lo que se puede hacer con esto? —preguntó.

—¿Una tortilla?

—No, esto crece —dijo Bradley—. Una vez que rompes el huevo, empieza a crecer sin parar. Y si te lo COMES, tú también creces. Te haces grande y fuerte.

Hice una mueca.

—Bradley, eres un burro. ¿Realmente crees que lo que hay dentro de ese huevo te va a hacer crecer? ¿Cómo puedes ser tan tonto? ¿Cómo te has podido tragar algo así?

—No, no —dijo Bradley, respirando con fuerza—. Esto no es para nada falso. Esto es de verdad, Matt. ¿Sabes lo que voy a hacer?

Me encogí de hombros.

—No me lo puedo ni imaginar.

Bradley hizo rodar el huevo en su mano.

—Me voy a comer un trocito —dijo—. Lo justo para que me haga ganar algo de peso y tener músculos grandes. Así ya no seguiré siendo un gusano asqueroso.

Me reí.

—Hazme el favor —dije—. No puedo creer que lo digas en serio.

—Lo digo totalmente en serio —dijo Bradley—. Cuando me lo coma, seré otra persona. Seré fuerte y atlético. Ya no tendré que copiarte. ¡Seré mejor que tú!

—Pero Bradley...

—Los niños me invitarán a sus fiestas. Y me elegirán para que esté en su equipo de fútbol. Y querrán ir conmigo —siguió Bradley—. Y tú te quedarás solo en casa hablando con tus enredaderas.

—Déjame verlo —dije.

Me puso el huevo en la mano. Estaba caliente y húmedo por su mano sudorosa.

Me lo acerqué a la cara para poder leer las palabras que tenía grabadas en el plástico verde: SANGRE DE MONSTRUO.

—Oye. Espera —dije. De pronto todo tenía sentido—. Bradley, ¿compraste esto anoche cuando estabas usando mi computadora?

Bradley asintió.

—Sí, ¿y?

La imagen de los dos hombres vestidos de negro se dibujó en mi mente. Podía ver sus expresiones duras, sus ojos oscuros enfurecidos.

Esta Sangre de Monstruo debía de ser lo que estaban buscando.

Bradley la compró con mi computadora. Por eso creían que yo la tenía.

Y estaban desesperados por recuperarla. Porque... ¡porque era muy peligrosa!

Miré el huevo verde y recordé que hacía años tenía una especie de masa pegajosa que salía de un huevo como aquel.

Pero ¿por qué estarían esos hombres tan interesados en recuperarlo?

¿Qué haría la cosa esta?

De pronto, el huevo de plástico empezó a sentirse caliente en mi mano...

11

Puse el huevo de Sangre de Monstruo encima de mi escritorio.

—Dámelo —dijo Bradley—. No pienso esperar. Me voy a comer un trozo ahora mismo. Lo digo en serio. Esto va a cambiar mi vida.

Me dio un empujón en el hombro.

—¿Y sabes qué? Esta Sangre de Monstruo me va a ayudar a ganar el premio de Ciencias del Sr. Scotto. ¿Sabes cuál va a ser el experimento de Ciencias? ¡YO!

Bradley empezó a bailar como un loco por mi cuarto, moviendo los brazos en el aire y dándose ánimos.

Yo tenía una sensación horrible en el estómago. Miré el huevo verde.

—Bradley, tengo que decirte algo que me pasó. Dos hombres...

Bradley dejó de bailar.

—No intentes convencerme de que no lo haga

—dijo—. Ya he tomado la decisión, Matt. Esto es lo más importante que he hecho en mi vida y sé que va a ser genial.

—Pero Bradley, déjame que te cuente.

—No, para nada —dijo y me tapó la boca con la mano—. Voy a comer la suficiente Sangre de Monstruo para ser tan grande y fuerte como tú. No olvides mis palabras. Nadie me va a volver a llamar gusano nunca más.

Le aparté la mano de mi boca.

"Debería detenerlo —me dije a mí mismo—. Esos señores vestidos de negro me dijeron que se trataba de algo realmente peligroso. Bradley es un raro, pero no puedo dejar que coma algo que lo enferme".

De pronto, mi mente volvió a recordar los últimos días. Todas esas situaciones en las que Bradley me había metido: el parabrisas roto del Sr. Scotto, el examen de Matemáticas, mi computadora, el que casi me suspendieran del colegio...

Todo por culpa de Bradley.

Un raro. Un raro total.

No lo pude evitar. Me volvió a inundar la ira por todo el cuerpo.

"Es la hora de la venganza —me dije a mí mismo—. Bradley se la tiene bien merecida".

Cogí el huevo de mi escritorio, le quité la tapa y miré la mucosidad verde y burbujeante que había dentro.

Entonces le acerqué la Sangre de Monstruo a Bradley.

—Vamos —dije—, toma un buen trago.

Bradley puso una cara muy seria y me quitó el huevo. Lo levantó con una mano y se lo acercó a la cara.

—Hace muchas burbujas —murmuró—. Escucha. ¿Oyes ese plop plop? Qué raro, ¿no? Vamos a ver a qué sabe.

Metió el dedo meñique en el líquido verde.

—Oye, está muy caliente —dijo—. Y es muy pegajosa. Mira cómo se me pega al dedo.

—Vamos —dije—, pruébala.

—Dile adiós al viejo Bradley —dijo. Y se acercó el dedo meñique a la boca.

12

Bradley sacó la lengua y acercó una gota de Sangre de Monstruo a la boca.

Yo le agarré el brazo y lo empujé hacia abajo.

—¡No! —grité.

—¿Qué haces? —contestó Bradley enfadado—. Déjame tranquilo. ¿Qué te pasa, Matt?

Intentó volver a acercar la Sangre de Monstruo a la boca, pero le alejé el brazo otra vez.

—No puedo dejar que lo hagas —dije.

Cambié de opinión. Supongo que tengo conciencia. No podía hacer algo tan perverso, ni siquiera a Bradley.

—¡Suéltame! —gritó Bradley—. ¡No eres mi jefe!

Eso me hizo reír.

—¡Eres un bebé! —dije. Le cogí el dedo meñique y limpié la Sangre de Monstruo en sus pantalones. Entonces cogí la parte de debajo del huevo y le puse la tapa.

Tuve que apretarla fuertemente porque la Sangre de Monstruo se estaba saliendo del huevo.

—¡Dámelo! —dijo Bradley intentando coger el huevo—. Es mío. Puedo hacer lo que quiera con él.

—Cierra la boca y escúchame —dije—. Dos hombres me pararon en la calle. Dijeron que esto era peligroso. Querían que se lo devolviera.

Bradley hizo una mueca.

—¿Dos hombres? —dijo—. Anda, cuéntame otra.

—Lo digo en serio —dije—. No puedo dejar que comas esta cosa.

—¡Eres un embustero asqueroso! —gritó Bradley. Se lanzó hacia mí, intentando quitarme el huevo. Yo lo levanté para que no lo alcanzara.

Me tiró al suelo y se puso encima de mí. Intentó pelear conmigo, pero era demasiado flaco y no pesaba nada.

—¡Dámelo! ¡Es mío! ¡Dámelo! —gritó.

Metí el huevo en el bolsillo de mis pantalones. Entonces rodé, me puse encima de Bradley y le sujeté los brazos contra el suelo.

Lo dejé en esa postura hasta que dejó de retorcerse y gritar.

—¿Te rindes? —dije—. Vamos, Bradley. No te puedes mover. Dilo. ¿Te rindes?

—Está bien. Me estás aplastando.

Me puse de pie y lo ayudé a levantarse. Se quejaba y se frotaba sus brazos delgados.

—¿Me vas a devolver la Sangre de Monstruo o no? —preguntó.

—No —contesté. Puse la mano encima del bolsillo de mis pantalones—. Voy a asegurarme de que nadie la toque.

Bradley gritó y se volvió a lanzar contra mí.

—¡Devuélvemela, Matt! ¡Es mía!

En ese momento, Livvy asomó la cabeza en la habitación.

—¿Qué están haciendo? —gritó.

Bradley me soltó los pantalones y se alejó.

—No es asunto tuyo, chismosa —soltó.

—¿Cómo?—. A Lizzy se le puso la cara roja de rabia.

—Muy bien, no pasa nada. Me largo —dijo Bradley—. Quédate con la Sangre de Monstruo, Matt. Vamos. Lo que te pasa es que no quieres que yo sea tan grande y popular como tú.

—Bradley, ¿no entiendes que no te puedes comer algo sin saber qué es?

—No pasa nada —repitió Bradley—. Quédatelo. Pero yo me pienso quedar con el proyecto de la jaula de pájaros, ¡y voy a ganar con él!

Apartó a Lizzy de un empujón y salió furioso murmurando algo.

—¿Qué ha pasado? —preguntó Livvy.

Saqué el huevo de mi bolsillo y se lo enseñé.

—Es una estupidez que Bradley compró por Internet. Quería comerse un trozo, pero yo no lo dejé.

—Déjame verlo —dijo Livvy. Me quitó el huevo y lo abrió—. Qué asco —protestó.

Observé cómo salían las burbujas por un lado del huevo.

—Es realmente asqueroso —dije.

Livvy me lo acercó a la nariz.

—Huélelo. Dan ganas de vomitar.

—Puaj—. Olía a coles de Bruselas podridas. Odio las coles de Bruselas. Le quité el huevo de la mano a Livvy.

—¿Bradley de verdad se iba a comer eso? —preguntó Livvy.

—Está loco de remate.

Livvy miró dentro del huevo.

—Sí, está mal de la cabeza.

Los dos oímos a mamá que nos llamaba desde el piso de abajo. Livvy se dio la vuelta y bajó corriendo las escaleras.

Me quedé mirando las burbujas de la Sangre de Monstruo. ¿Realmente había gente que se comía eso? ¿O era solo una de las ideas locas de Bradley?

Llevé el huevo hasta la ventana y miré calle abajo. Pensé que a lo mejor estarían ahí los dos hombres, en la calle. Podía salir y darles la Sangre de Monstruo.

Pero no. Había dos conejos en el jardín, estaban parados sobre sus patas traseras, inmóviles ante las luces de un auto que pasó por la calle. No había señal de los hombres de negro.

—¡Ay!—. Sentí que la Sangre de Monstruo me corría por la mano.

Miré hacia abajo. La mucosidad verde se había

salido por un lado del huevo. Me corría por la palma de la mano y se extendía a mis dedos.

Puse el huevo encima de mi cómoda, pero se me quedó pegada algo de Sangre de Monstruo. Se metía entre los dedos, caliente y pegajosa. Intenté quitármela, pero estaba muy pegada. El olor pútrido me estaba poniendo enfermo.

"¿Qué voy a hacer si no me la puedo quitar? —pensé—. ¿Qué pasará si sigue creciendo encima de mí?"

13

Por fin conseguí quitármela e hice con ella una pelota burbujeante. Me volví a la cómoda para volver a meterla en el huevo.

—¡Increíble! —grité al ver la masa verde que caía por todo el lado de la cómoda y llegaba hasta una de mis enredaderas.

Miré desesperadamente por toda la habitación. ¡Tenía que encontrar algo para detener esa cosa asquerosa!

Mis ojos se detuvieron en algo que había en el último estante de mi librero. Algo que era lo suficientemente grande y fuerte para guardar la Sangre de Monstruo hasta que me pudiera deshacer de ella.

Corrí hasta el otro lado de la habitación. Me agaché y cogí mi cerdito de porcelana gigante. Era un regalo de mi tía Harriet. Creo que lo ganó en una tómbola.

La alcancía era de color rosa brillante. Tenía una ranura para meter monedas y un corcho en la panza para poder sacarlas. Era más grande que una tostadora. Sí. Ahí podría poner la masa durante un tiempo.

Sabía que tenía que tener cuidado. Encontré un par de guantes de cuero en mi armario y me los puse. Entonces cogí la vara de metal que uso para remover la tierra de mis enredaderas.

También cogí un embudo plateado que había estado usando para un experimento de Ciencias. Quité el corcho de la alcancía y metí el embudo por el agujero.

Me acerqué a la cómoda y empecé a despegar la Sangre de Monstruo. Se pegó à la vara de metal, echando humo y burbujeando. La empujé hacia el embudo. Ahora se había pegado a las paredes del embudo.

Volví a mirar por toda la habitación a ver si encontraba algo que funcionara mejor. No había nada. La masa era demasiado pegajosa.

Me latía el corazón con fuerza mientras empujaba e intentaba meter la Sangre de Monstruo en el embudo para que entrara luego por el agujero de la alcancía.

Por fin conseguí meter las últimas gotas en la alcancía. Me temblaba la mano al poner el corcho. La alcancía estaba muy llena. ¿Conseguiría aguantar la masa verde burbujeante?

Metí el embudo en el armario. Entonces cogí un rollo de cinta aislante que había estado usando para construir mi jaula de pájaros y envolví toda la alcancía con la cinta. Una tira detrás de otra. Puse muchas capas de cinta aislante sobre la ranura de la parte de arriba.

Cuando terminé, me caía el sudor por la frente. Tenía la camisa empapada y me temblaban los brazos y las piernas.

Pensé en la competencia de natación que tenía al día siguiente. Los chicos de mi equipo contaban conmigo. Todo el colegio contaba conmigo.

Tenía que calmarme. Y después tenía que ir a dormir. El entrenador Widdoes siempre decía que teníamos que dormir ocho horas antes de una competencia.

Cogí la alcancía, que ahora pesaba más y estaba caliente. Con mucho cuidado la llevé hasta el armario y la metí en una estantería de abajo, en la parte de atrás.

"Me tengo que calmar... Tengo que dejar de pensar en la Sangre de Monstruo..."

Agarré mi regadera y empecé a echar un poco de agua a mis enredaderas. Entonces desenrollé algunas ramas y eché agua a las hojas.

Cuidar de las enredaderas siempre me había ayudado a relajarme.

Pero no podía dejar de pensar de ninguna manera en la cosa verde y burbujeante que estaba dentro del armario.

"La llevaré al vertedero del pueblo mañana por la mañana, en cuanto termine la competencia", me dije.

El vertedero estaba sólo a dos manzanas de mi casa. La podría enterrar allí sin ningún problema.

Esa noche tardé mucho tiempo en dormirme. Tuve varias pesadillas espantosas.

Soñé que oía unos extraños sonidos burbujeantes muy cerca.

GLU GLU POP GLU GLU.

Me desperté lentamente, sintiéndome medio atontado, con la cabeza como si fuera una piedra.

GLU GLU POP GLU GLU.

¡Eran los ruidos de mi sueño! Ahora estaba despierto, ¡pero seguía oyéndolos!

Tardé mucho en darme cuenta de que los sonidos eran REALES. No eran un sueño.

Me levanté de la cama de golpe y casi se me para el corazón.

GLUUU GLU GLUUU.

Venían del armario. Con un gran suspiro de preocupación, salí de la cama. A medida que cruzaba la habitación los sonidos se escuchaban cada vez más fuerte.

¿Se habría escapado la Sangre de Monstruo? ¿Me envolvería como un maremoto de masa caliente?

Estaba a medio metro del armario cuando oí el ruido de arañazos detrás de mí. Me di la vuelta...

Y abrí la boca para soltar un grito aterrador.

¡Un hombre! ¡Un GIGANTE! ¡Un gigante de tres metros!

Estaba de pie en mi habitación, delante de la ventana, ¡estirando los brazos hacia mí!

14

—¿Quién eres? ¿Qué quieres? —pregunté.

Entonces me quedé sin respiración.

La luz de la luna entraba por la ventana y vi que no era un hombre gigante.

Era una de mis enredaderas, la que estaba más cerca de mi cómoda. Había crecido hasta el techo. Sus ramas se movían con la brisa que entraba por la ventana abierta.

Encendí la luz de la habitación. La planta era inmensa. Crujía y gemía, se doblaba... y se estiraba. Algunas ramas empujaban el techo.

La Sangre de Monstruo... En ese momento recordé... como había caído por la cómoda hasta mi enredadera.

Bradley tenía razón en algo. La masa verde hacía que las cosas CRECIERAN.

"No es justo —pensé—. No es justo para nada".

Había entrenado y trabajado mucho para la

competencia del día siguiente. Y ahora no podía dormir. Estaba totalmente angustiado y asustado.

¿Cuánto más iba a crecer la planta?

GLU GLU GLU GLU.

No me quedaba otro remedio. Tenía que mirar dentro del armario. Tenía que asegurarme de que la Sangre de Monstruo seguía a salvo dentro de la alcancía.

Me acerqué al armario. Tomé aire con fuerza, di la vuelta al pomo de la puerta y la abrí.

—¡NOOOO! —grité cuando una masa enorme y caliente me cayó encima. Me rebotó en el pecho y se escurrió por mis manos.

—Ay, nooo —gemí.

La Sangre de Monstruo se extendió por mis manos y se pegó como si fueran guantes.

Di unos pasos hacia atrás. Me picaban las manos muchísimo. La cosa verde empezó a apretar más y más. Agité las manos frenéticamente, pero la masa seguía pegada a la piel.

Mientras luchaba, la Sangre de Monstruo se hacía cada vez más grande. Se escurría por mi cómoda. Intenté apartarla con las dos manos, pero estas se me resbalaban porque estaban cubiertas de masa verde. No podía coger nada.

La Sangre de Monstruo, caliente y de consistencia como el almíbar, me rodeó el pecho, cada vez más fuerte, como un suéter caliente y apretado.

Yo me retorcía y luchaba, intentando respirar.

Me tiré a la alfombra e intenté dar vueltas. Pero

tenía la cosa esa muy pegada. Iba subiendo por mi cuerpo rápidamente. Ahora podía sentir la masa caliente que me llegaba hasta el cuello.

Me empezó a apretar la garganta, como unos dedos que quisieran estrangularme.

Apenas podía respirar y jadeaba muy alto.

Tiré con fuerza. Me retorcí y me doblé. Intenté meter los dedos entre la masa verde y mucosa.

"No puedo respirar. ¡Me está ahogando!"

El olor pútrido se me metía por la nariz. La masa me hacía cosquillas en la barbilla y seguía subiendo rápidamente.

¿Querría llegar hasta la boca?

Cerré la boca con fuerza y me rechinaron los dientes.

"No puedo respirar. Me está QUEMANDO... Me está AHOGANDO..."

15

La masa verde burbujeaba y hacía chasquidos a medida que se subía por mi cuerpo. El aroma pútrido me rodeaba e intenté no vomitar.

Desesperado, agarré la masa que tenía por encima del pecho. Intenté clavarle los dedos con desespero … y tirar… tirar…

¡SÍ!

Conseguí meter los dedos en la cosa húmeda y espesa. La agarré firmemente y tiré con todas mis fuerzas.

¡SÍ!

Sonó como una ventosa que se despegaba al soltarse de mi pecho. Con las manos, hice una bola con la masa y tiré más fuerte todavía.

La Sangre de Monstruo se estiraba como si fuera de goma y después se soltaba con fuerza de mi cuerpo y se quedaba en mis manos. Seguí enrollándola en una bola. Tiraba y enrollaba.

Agarré la masa con las manos, apretando con fuerza, hasta que tuvo el tamaño de una pelota de baloncesto.

¿Ahora qué?

Todavía intentaba recuperar la respiración y el corazón me iba a mil por hora.

Me había quitado la Sangre de Monstruo del cuerpo, pero seguía notando su calidez pegajosa. Seguía oliéndola por toda la piel y me picaba mucho.

La pelota que había formado con la masa verde burbujeaba y chasqueaba entre mis manos. Fui corriendo al armario. Encontré una bolsa de deportes en el suelo y la metí ahí rápidamente. Cerré la bolsa, cerré el armario y me tiré en la cama.

A la mañana siguiente, bajé a desayunar dando tumbos. Tenía los ojos rojos y me picaban. La cabeza me pesaba como una roca y me dolía todo el cuerpo.

Entré en la cocina y gruñí.

¿Quién había tenido el desatino de presentarse ahí por la mañana?

Por supuesto que nada más y nada menos que Bradley Wormser, el Gusano.

Me sonrió. Como si todo siguiera normal entre nosotros.

—¿Qué pasa? —dijo. Levantó la mano para chocarla conmigo, pero yo pasé a su lado ignorándolo.

—Mira —dijo Bradley—, hoy no tienes que compartir tus cereales conmigo. Tu mamá me ha dado un plato—. Lo levantó como si fuera un trofeo.

—Qué emoción —murmuré. Me dejé caer en la

silla, al otro lado de la mesa, y me comí mis cereales. Livvy estaba sentada al lado de Bradley. Estaba aplastando sus huevos revueltos con el tenedor. Le encanta aplastarlos. No me preguntes por qué.

Eché un vistazo para asegurarme de que mamá no estuviera en la cocina. No quería que supiera que tenía la Sangre de Monstruo arriba. Papá había salido de viaje, así que no me podía ayudar. Y sabía que mamá se pondría histérica.

Me acerqué por encima de la mesa.

—Bradley —dije—, tenemos un verdadero problema.

Bradley se acercó los cereales a la boca y empezó a sorber. Entonces se rió. Pensaba que era muy gracioso.

—Lo digo en serio —dije susurrando un poco más alto—. La Sangre de Monstruo está fuera de control. Hizo que mi enredadera creciera y...

Bradley chascó los dedos justo delante de la nariz de Livvy.

—¡Déjame en paz! —gritó Livvy, y le dio un codazo a Bradley—. ¡Deja de chascar los dedos en mi cara, Gusano! ¡Te lo advierto! Me has dado en la nariz.

—¿Qué nariz? —contestó él—. ¿A ese grano lo llamas nariz?

—¡Cállate! —gritó Livvy—. Por lo menos no parezco un gusano asqueroso.

Bradley volvió a chascar los dedos delante de su cara.

—Bradley, escúchame. —Los dos siguieron

metiéndose uno con el otro. Tuve que gritar a todo pulmón—. ¡Tenemos que HACER algo! Mi enredadera...

Mamá entró en la cocina.

—¿Qué es este escándalo? —preguntó, tapándose los oídos—. Vamos, todos, fuera de aquí. Van a llegar tarde.

Me puso la mano en el hombro.

—A papá le da muchísima rabia perderse tu competencia esta tarde. Yo haré todo lo posible por ir —dijo, dándome palmaditas—. Estoy muy orgullosa de ti, Matt.

—Gracias —murmuré.

"No estarás tan orgullosa si me quedo dormido en la piscina", pensé.

Por un momento, pensé en contarle todo. Decirle lo de mi proyecto de la jaula de pájaros. Contarle que Bradley casi hace que me suspendan del colegio. Y cómo tuve que luchar con la Sangre de Monstruo. Cómo seguía en mi armario, burbujeando y moviéndose.

¿Me creería?

Bradley y Livvy ya habían salido. No tenía tiempo de contarle nada. Además, ¿qué iba a decir? ¿Cómo me iba a ayudar ahora?

Tenía que pensar cómo me las iba a arreglar.

Asomé la cabeza por la puerta principal.

—¡Ahora mismo salgo! —grité a Livvy y Bradley.

Subí corriendo las escaleras para ir a mi habitación. Quería volver a ver la Sangre de Monstruo una vez más. Quería asegurarme de que no se hubiera salido de la bolsa.

El corazón me latía con fuerza al abrir la puerta del armario. Encendí la luz del techo y solté un grito de terror.

¡La Sangre de Monstruo había DESAPARECIDO!

16

Me puse de rodillas y miré el estante de abajo. Me quedé mirando el lugar donde había puesto la bolsa.

Cerré los ojos. ¿Cómo podía haber pasado esto? ¿Cómo pudo haber desaparecido?

Por fin, me puse de pie. No quería llegar tarde el día de mi competencia. Cerré la puerta del armario.

La enredadera gigante se reflejaba temblorosa sobre mi cama. Las hojas eran tan grandes como mi mano. ¡Las ramas eran tan gruesas como mis brazos!

"Luego te encargas de esto —me dije a mí mismo—. Ahora ve al colegio. Concéntrate en la competencia. Sácate esto de la cabeza".

Me forcé a mover las piernas. Livvy me esperaba en la acera. Bradley ya iba correteando calle abajo hacia el colegio.

Livvy puso una sonrisa endemoniada. Me cogió del brazo y tiró para decirme algo al oído.

—Matt, ¿sabes lo que he hecho?

—¿Qué? ¿Qué has hecho?

Me llevó hasta la esquina. Su sonrisa había desaparecido.

—Ayer por la noche me metí en tu habitación —dijo—. Saqué esa bolsa que tenías en el armario.

Yo abrí la boca hasta atrás.

—¿Cómo sabías lo de la bolsa? ¿Me estás espiando?

Me dio una palmada en el brazo.

—Escucha. Déjame que te cuente lo que hice. Esta mañana, cogí un poco de esa cosa verde de la bolsa. ¿Y sabes qué? ¡La metí en los cereales de Bradley!

Echó la cabeza hacia atrás y empezó a reírse a carcajadas.

Yo casi me ahogo. Se me subió el estómago a la boca.

—¿Cómo has podido hacer eso? —pregunté.

Livvy se encogió de hombros.

—Se lo merece —dijo.

—Pero, Livvy, es que no lo entiendes. Esa cosa...

—Ya lo sé. Sabe asquerosa —dijo Livvy—. Pero Bradley ni siquiera lo notó. ¿No lo viste? ¡Se tragó todo!

Mi hermana se alejó dando saltitos por la calle hacia el colegio. La vi reunirse con tres o cuatro amigas. Todas hablaban a la vez. Me pregunté si Livvy les contaría la "broma tan maravillosa" que había hecho.

Menuda broma. La cabeza me daba vueltas. Bradley, sin saberlo, se había comido un trozo de Sangre de Monstruo.

¿Habría envenenado Livvy a Bradley? ¿Se pondría tremendamente enfermo? ¿O algo PEOR?

Me imaginé la enredadera extendiendo sus ramas inmensas y sus hojas por toda mi habitación. ¿Estaría Bradley convirtiéndose en un gigante?

Tragué una buena bocanada de aire cálido de la mañana. Entonces me dirigí corriendo al colegio.

Kenny y Jake, mis amigos del equipo de natación, me llamaron desde la esquina. Los saludé rápidamente con la mano, bajé la cabeza y seguí corriendo.

Unos minutos más tarde, me metí entre un grupo de chicos que estaba en el pasillo y entré disparado en la clase del Sr. Scotto.

—¿Bradley? ¿Bradley?—. Busqué con la mirada desesperadamente por toda la clase. Vi a Bradley en su sitio, estaba abriendo la mochila. Levantó la cabeza cuando me oyó decir su nombre.

Intentando recuperar la respiración, lo observé. Parecía igual que siempre. No había empezado a crecer.

Lo agarré por los hombros y lo alejé de su silla.

—Corre —solté—. Tienes que ir a ver a la enfermera.

Él se rió.

—¿Te has vuelto loco? ¡No estoy enfermo!

Lo agarré por la camisa.

—No es broma —dije—. Te lo juro. Tienes que ir a ver a la enfermera ¡ahora mismo!

Me empujó las manos.

—De eso nada —dijo—. Estás loco.

Los otros chicos nos miraban.

—¿Están peleándose otra vez?—. Escuché que preguntaba una chica.

Eché un vistazo hacia el frente de la clase. El Sr. Scotto todavía no había llegado.

Me volví a dirigir a Bradley.

—Por favor. Soy tu amigo, ¿no? Levántate. Por favor, ven conmigo a ver a la enfermera.

Bradley no se movió. Me sonrió.

—Oye, ¿sabes qué? —dijo.

Lo miré fijamente.

—¿Qué?

—Que esta mañana vi a tu hermana meter algo en mis cereales —dijo Bradley—. ¿Y sabes lo que hice? Cambié tu plato por el mío, Matt. ¡Tú te comiste mis cereales!

17

¿Alguna vez has estado en uno de esos sitios en el parque de atracciones en el que te dan vueltas y vueltas y de repente el suelo desaparece y te quedas flotando en medio del aire?

Así fue como me sentí.

Todo alrededor me daba vueltas. El suelo subía y bajaba.

Bradley soltó una risita tonta.

—Matt, ¿estás bien?

No contesté. Me sentía débil y mareado.

Me alejé de él y me dejé caer en mi silla. Me miré las manos y los pies. ¿Estaba creciendo?

No. Todo seguía igual.

Pensé en mi enredadera. ¿Me crecería la cabeza hasta el techo en cualquier momento? ¿Me convertiría en un monstruo delante de toda la clase gracias a la cosa esa verde?

El Sr. Scotto entró en la clase. Se acercó a la pizarra

y empezó a hablar. Señaló un mapa que había dibujado con tiza amarilla.

¿De qué estaba hablando? No lo sabía. No podía concentrarme en nada de lo que decía.

En mi cerebro, recordé el sonido de las burbujas y chasquidos de la Sangre de Monstruo al deslizarse por mi cómoda la noche anterior. Me sujeté el estómago. ¿Empezaría ese sonido a salir de dentro de mí?

Eructé.

¿Eso quería decir que ya había empezado a crecer?

Me picaba la parte de detrás del cuello.

¿Sería porque la Sangre de Monstruo se estaba extendiendo por todo mi cuerpo?

Pánico total. Es la única forma que puedo describir lo que sentía. Durante toda la mañana me aferré a mi escritorio con las manos sudorosas. No dejaba de mirarme, por si veía el más ligero cambio. La señal más leve de…

Intenté con todas mis fuerzas escuchar al Sr. Scotto, pero me empezaron a pitar los oídos. Seguí escuchando por si la Sangre de Monstruo empezaba a burbujear.

Debería estar pensando en la competencia a la salida del colegio.

"Concéntrate". Eso es lo que me había dicho el entrenador Widdoes. ¿Pero cómo me iba a concentrar cuando seguía pensando en aquellos dos hombres vestidos de negro y en lo peligrosa que era la Sangre de Monstruo?

Realmente peligrosa. Y yo me había comido un trozo. Gracias a mi querida hermana.

La mañana avanzó lentamente. No comí. Realmente no tenía nada de hambre.

En lugar de comer, fui al vestuario y revisé mis gafas y mi equipo de natación para la competencia. Aunque en realidad fui al vestuario de los casilleros para esconderme. Sabía que allí no habría nadie. No quería hablar con nadie.

Fui hasta la piscina. El vapor y el aire caliente en la cara me hacían sentir bien. Me encantaba el olor a cloro. Me agaché y toqué el agua. Estaba a una buena temperatura.

"Concéntrate… Concéntrate…"

En lo que realmente me concentraba era en no crecer. Cuando volví a la clase del Sr. Scotto, me rechinaban los dientes y tenía los músculos del estómago muy tensos. Seguí mirándome cada dos segundos.

Fue el día más largo de mi vida.

No dejaba de mirar el reloj. ¿Conseguiría llegar a la competencia?

Un poco antes de las tres, me empezó a molestar el estómago. Las manos me picaban. Sentí cómo me caía el sudor por la frente.

"Ya está pasando", pensé. Me quedé aterrorizado. Sentí una brisa fría en las piernas. Miré hacia abajo. Oh nooo…

Mi pierna desnuda se asomaba por debajo del pantalón.

"¿Habrá encogido mamá mis pantalones?" pensé. Pero sabía que no era así. Sabía lo que estaba pasando.

La camisa me apretaba. Las mangas me pellizcaban la piel. El cuello de la camisa me apretaba.

Sentía revuelto el estómago, como si tuviera olas dentro.

"Está pasando. Ya está haciendo efecto".

Me dolían los brazos y las piernas. ¡Notaba cómo crecían!

Sonó la campana. Intenté saltar, pero me había quedado atascado en el escritorio. Conseguí escurrirme y cogí mi mochila que estaba debajo de la silla. Las sillas de pronto me parecían mucho más pequeñas.

Los zapatos me hacían daño en los pies. Me resultaba difícil moverme, pero intenté correr. Oí que Bradley me llamaba, pero no me di la vuelta.

Corrí por el pasillo, sintiendo cada paso que daba en el suelo. Quería llegar al vestuario y cambiarme antes de que me viera alguien. Antes de que alguien se diera cuenta de que estaba creciendo por minutos.

Con el corazón golpeándome con fuerza en el pecho, entré en el vestuario y fui corriendo hasta el espejo. Increíble. Medía por lo menos diez centímetros más. ¿A qué velocidad estaba creciendo?

Flexioné los músculos. ¡Tenía un buen aspecto! Pero, por supuesto, no podía disfrutarlo. De ninguna manera quería convertirme en un gigante delante de todo el mundo.

"A lo mejor —me dije a mí mismo—, si consigo meterme rápidamente en la piscina, puedo esconder mi cuerpo gigante bajo el agua y nadie se dará cuenta".

Me puse el traje de baño. Me apretaba muchísimo. Apenas podía meter las piernas. Me tiré la toalla encima del hombro y empecé a andar medio agachado.

"Ve a la piscina, Matt. Métete en la piscina antes de que alguien te vea".

Ya casi había llegado a la puerta de la piscina.

—Oh —dije cuando vi al entrenador Widdoes justo delante de mí.

—Oye, Matt, espera —dijo—. No puedes entrar en la piscina.

18

Me quedé congelado. Observé al entrenador y en ese mismo momento oí un chasquido en mis hombros. Estaban creciendo. ¿Lo habría oído él también?

Una sonrisa se dibujó en la cara del entrenador Widdoes.

—¡No puedes ir a la piscina sin que yo te desee buena suerte! —dijo—. Todos contamos contigo, muchacho.

Respiré aliviado y pasé a su lado.

Pero levantó la mano para pararme.

—Oye, ¿has crecido? —preguntó.

Tenía que pensar rápidamente.

—Eh… sí —dije—. Llevo un tiempo intentando ponerme más fuerte. Supongo que está funcionando.

Me metí corriendo en el recinto de la piscina. El aire caliente y el vapor me recibieron junto con voces y gritos. El equipo de Upper Fairmont ya estaba calentándose. Su entrenador pitaba y animaba a sus nadadores.

Vi unas veinte o treinta personas en las gradas del fondo. Unos cuantos alumnos. El resto eran casi todos padres. No vi a mamá. "A lo mejor está ocupada", pensé.

Saludé con la mano a mis compañeros de equipo que salían de los vestuarios. Entonces me metí en el agua. De momento nadie había notado lo mucho que había cambiado.

Nadé bajo el agua para que mi cuerpo se acostumbrara a la temperatura del agua y para soltar los músculos de los brazos.

A media piscina, paré. Empecé a chapotear en el agua. De pronto me sentía muy raro.

Me miré las manos. Eran enormes y cada vez crecían más. ¡Eran casi tan grandes como un guante de béisbol!

Notaba cómo me crecían los brazos y las piernas, como si alguien estuviera tirando de ellos. El traje de baño me apretaba muchísimo, estaba a punto de reventar.

Estaba creciendo TAN rápidamente que hasta lo podía ver.

Bajé los pies para tocar el suelo de la piscina. Estaba de pie donde la piscina indicaba dos metros de profundidad ¡y todavía tenía la cabeza por fuera del agua!

¡Oh, no!

Sabía exactamente por qué estaba pasando esto.

Me vino de pronto la imagen de mi enredadera. Cuando le cayó la Sangre de Monstruo encima y yo la regué, la planta empezó a crecer muchísimo.

Y ahora yo estaba en el agua. En cuanto me metí en el agua, todo empezó a crecer a más velocidad.

Levanté los ojos hacia las gradas. No vi a mamá por ninguna parte.

"Bien —pensé—. No quiero que me vea así".

Los equipos se estaban alineando para la primera competencia, los 500 metros estilo libre. Era mi primera carrera. Vi al juez con su camisa blanca y negra que jugueteaba con la pistola de salida.

"¿Podré nadar?"

Eso era lo que más me asustaba.

"¿Seré demasiado grande para nadar? ¿Podré nadar normalmente?"

Bajé la cabeza y empecé a practicar el estilo pecho. ¡GUAU! ¡No lo podía creer! Nadaba a una velocidad increíble. Me sentía muy fuerte. Salí disparado por el agua como un tiburón a punto de atacar.

"¡Ningún humano puede nadar así de rápido!", me dije a mí mismo. De pronto, la piscina parecía muy pequeña. Noté que podía cubrir la distancia de un lado a otro en cuatro o cinco brazadas.

Así seguro que no podía perder. ¡Estaba a punto de batir todas las marcas del colegio!

"Mientas nadie me vea...

¡Mientras nadie se dé cuenta de que mido casi tres metros!"

No tenía tiempo para preocuparme de eso. Empecé a flotar entre dos de mis compañeros de equipo, Jake y Kenny. Doblé las rodillas y me agaché.

Nos hicimos la señal del dedo pulgar. Entonces, bajamos la cabeza y nos pusimos en posición.

La pistola disparó la señal de salida, haciendo eco en las paredes.

La competencia había comenzado.

19

Me impulsé con la pared de la piscina y empecé a desplazarme por el agua. Llegué a la otra pared en unos segundos y di la vuelta. Los otros nadadores seguían en la primera mitad.

Decidí no pasarme con ellos. Nadé lentamente, pero tenía tanta fuerza en los brazos y las piernas que salí disparado como un cohete.

—¡Esto es ALUCINANTE! —grité a todo pulmón sin poder aguantarme.

Nunca había nadado tan rápidamente, con tanta FUERZA, en toda mi vida. ¡Era genial! ¡Era un cohete! ¡Una MÁQUINA de nadar! ¡El nadador más rápido del mundo!

Cuando me quedaban solo tres vueltas a la piscina, empecé a nadar a toda velocidad. Hice un maremoto al pasar al lado de los otros nadadores. ¡Les llevaba muchísima ventaja!

Podía oír a la gente coreando mi nombre y los gritos de sorpresa en las gradas. Miré hacia arriba y vi al entrenador Widdoes al borde de la piscina. Estaba agachado, con las manos apoyadas en las rodillas, mirándome con los ojos desorbitados y la boca abierta hasta atrás.

Giré y empecé a nadar la última piscina.

"Allá voy, a batir el récord del mundo".

—¡Eh! ¡Oye!—. Noté que empecé a ir más despacio. Me empezaron a doler los músculos de los brazos.

Empecé a palmotear el agua con las manos, haciendo mucho ruido. Hacía olas altas con los pies y los brazos... los hombros... me dolían.

Me esforcé por avanzar, pero lo único que hacía era chapotear en el agua como una marmota gorda.

"¿Qué está pasando? —me pregunté—. ¿Qué ocurre?"

—¡Vamos! ¡Vamos! ¡Vamos! —me repetí a mí mismo.

El agua se escurría entre mis manos al chapotear torpemente en el agua. Los brazos me palpitaban del dolor. Mis patadas no eran coordinadas y me sentía demasiado débil para avanzar.

Los otros nadadores pasaron a mi lado. Luché por nadar, pero pesaba demasiado... era demasiado pesado para seguir nadando. Necesitaba toda mi energía para no hundirme hasta el fondo.

"¡Soy DEMASIADO grande! —pensé—. ¡Soy una inmensa masa de músculos!"

Los nadadores me adelantaron a toda velocidad. Kenny levantó la cabeza y me miró con cara de sorprendido al pasar a mi lado.

Me dolía el pecho y las piernas me palpitaban del dolor.

Sabía que no podía seguir más. No tenía fuerzas.

Respiré con fuerza a pesar del dolor en el pecho, hice un último esfuerzo y... ¡llegué a la pared de la piscina!

Tardé unos segundos en oír los gritos del entrenador Widdoes.

¿Qué estaba diciendo? ¿Había ganado? ¿Cómo? ¿De verdad había ganado?

Seguí con el cuerpo debajo del agua y levanté la cabeza. Entonces oí los gritos ensordecedores.

—¡Matt, es increíble! ¡Has batido la marca! —gritó el entrenador Widdoes mirando su cronómetro.

Kenny, Jake y mis otros compañeros de equipo nadaron hasta mí. Me salpicaron y me abrazaron. Se portaban como unos locos.

Las cámaras disparaban sus flashes. Los gritos de alegría no paraban.

Levanté los puños por encima de la cabeza y solté un grito victorioso. ¡Nunca me había sentido tan bien de ganar una competencia de natación!

Pero mi alegría solo duró unos segundos más.

En ese momento empecé a sentir un pánico total en todo mi inmenso cuerpo. Los gritos se desvanecieron en mis oídos y mis compañeros de equipo se convirtieron en una mancha borrosa.

El juez estaba tocando el silbato. Intentaba que saliéramos de la piscina para la próxima carrera.

Ese era mi primer gran problema.

"¿Cómo voy a salir de la piscina y dejar que todo el mundo vea que mido tres o cuatro metros? Si salgo ahora —pensé—, ¡todo el mundo verá que soy un monstruo gigantesco! ¡Un verdadero monstruo!"

—¡Vamos, Matt! —gritó Kenny mientras se dirigía a los vestuarios.

—¡Vamos, muchacho! —dijo el entrenador Widdoes sonriendo.

—Ahora mismo voy. —Hice un gesto con la mano—. Tengo que... soltar los músculos. Me ha dado un pequeño... calambre.

La piscina se vació rápidamente. Los nadadores de la siguiente competencia ya se estaban metiendo en el agua.

Tenía que moverme. Tenía que salir. Pero ¿cómo?

Tenía una idea. Una idea desesperada.

Le di la espalda a la multitud, me quedé en un lado de la piscina y empecé a nadar hacia la parte profunda. Sabía que allí el agua cubría tres metros. Ningún problema. ¡Yo era más alto que eso!

Me fui andando hasta la parte profunda y miré a mi alrededor. Nadie me estaba mirando. Todos observaban a los nuevos nadadores. Salí del agua y me metí debajo de las gradas. Me quedé ahí, chorreando, y escuché los gritos para animar a los que competían. No. Nadie me había visto.

"Muy bien. Puedo salir de esta", pensé.

Salí por la puerta de atrás y fui por el pasillo vacío que llevaba a los vestuarios. Vi la puerta roja de los vestuarios justo delante de mí.

Solo me quedan unos metros para llegar.

¡Rasssssssssss!

¡Mi traje de baño se rasgó y salió volando!

Me apoyé en la pared, totalmente desnudo.

La puerta roja parecía estar a un kilómetro.

Y entonces... oí voces... ¡voces de CHICAS!... en el pasillo... ¡y venían hacia donde yo estaba!

20

Me lancé hacia delante. Me resbalé en el suelo con los pies mojados. Entré tambaleándome por la puerta que abrí de par en par hasta que desaparecí en los vestuarios.

Las luces estaban apagadas. La luz grisácea de la tarde se filtraba por una ventana alta que había en la pared del fondo.

El vestuario estaba vacío. Todos estaban en la piscina.

Avancé por la larga fila de casilleros. Encontré el mío al final. Tuve que agacharme para poner la combinación del candado. Era difícil ver los números con la luz débil del atardecer.

Estaba alerta a cualquier sonido. Se oía el agua gotear en las duchas. La rama de un árbol golpeaba la ventana por encima de mi cabeza. Los chicos estaban celebrando otra victoria en la piscina.

Abrí mi casillero y saqué mi ropa. Levanté los calzoncillos y...

Eran demasiado pequeños.

No me cabrían ni por una pierna.

Temblando y todavía chorreando agua, cogí mis pantalones y mi camiseta. Parecían ropa de muñecas.

—¿Cómo voy a volver a casa? —me pregunté a mí mismo en voz alta. Las palabras parecieron quedar suspendidas en el aire húmedo de la habitación—. Estoy totalmente desnudo. ¿Cómo voy a volver a casa?

Mi vista se paró en un montón de toallas que había en un banco por fuera de las duchas. Cogí dos de ellas, las até y me las puse alrededor de la cintura.

"Bien. Bien. Por lo menos estoy tapado. Pero sigo sin poder volver a casa así".

La cabeza me daba vueltas. Me sentía muy pesado y lento, como si siguiera en el agua.

Me acerqué al espejo. Era demasiado alto para verme la cabeza sin agacharme. ¿Y seguía creciendo?

La idea me dio un escalofrío que sentí por todo el cuerpo.

Entonces... se me ocurrió una idea. A veces mi cerebro de científico me sorprende a mí mismo.

Está bien. La idea era descabellada, casi una locura. Pero volví a pensar en mi enredadera.

Estaba seguro de que el agua era lo que había hecho que la Sangre de Monstruo funcionara. Cuando regué la planta, empezó a crecer. Y cuando yo me metí en la piscina, mi cuerpo empezó a crecer sin control.

Entonces, ¿qué pasaría si me secaba?

A lo mejor encogería. A lo mejor podría secarme y volver a mi tamaño normal.

Me empezó a latir el corazón con fuerza de la emoción. A lo mejor funcionaba. Podría ser que sí.

Una vez alguien me dijo que había secadores de pelo en los vestuarios de las chicas. Me coloqué las toallas que tenía en la cintura y me aseguré que estuvieran bien atadas.

Entonces, asomé la cabeza por el pasillo. Oí gritos y júbilos que venían de la piscina. No había nadie en el pasillo.

Mis enormes pies golpearon el suelo al salir disparado hacia el vestuario de las chicas. Con cuidado, abrí un poco la puerta y miré adentro.

"Por favor, que esté vacío. Por favor, que esté vacío".

—¿Hay alguien aquí?

Silencio. No hubo respuesta.

—¡Bien!—. Me metí en la habitación larga y oscura. No olía a sudor y a rancio como el vestuario de los chicos.

Todos los casilleros estaban cerrados. La habitación estaba ordenada y sin basura, excepto por una mochila azul que había debajo de un banco y un par de zapatillas rojas y blancas que había cerca de un cubo de basura.

Increíble. Nunca pensé que entraría ahí. Seguí mirando a mi alrededor. ¿Qué iba a decir si alguien me pillaba?

Fui corriendo a la parte de atrás. Había una fila de lavamanos y un espejo que tapaba toda la pared. Vi dos secadores de pelo colgados encima de los lavamanos.

Me tembló la mano al sacar uno del gancho. Comprobé que estaba enchufado y lo encendí.

El secador cobró vida. Sentí el aire cada vez más caliente al salir por el secador.

¿Funcionaría? ¿Era un genio? ¿O había perdido la cabeza por completo?

Me apunté el aire caliente al pecho. Lo mantuve ahí hasta que me empezó a quemar la piel.

Lo dirigí a los brazos y los hombros durante un rato. Después me agaché y me sequé las piernas con el aire caliente y luego otra vez en el pecho.

"¡Vamos! ¡Sécame! ¡Sécame!"

Me miré en el espejo. Nada. No había cambiado.

Seguía siendo un gigante de tres metros con un secador de pelo en la mano.

—¡TIENE que funcionar! —grité al espejo.

Me agaché para secarme un poco más las piernas.

Fue entonces cuando oí la puerta del vestuario que se abría chirriando.

—¡Oh, no! —exclamé y apagué el secador. Me quedé ahí congelado con el secador en una mano y sujetando con la otra mano las toallas que tenía atadas a la cintura.

Oí las voces de unas chicas.

Me alejé del espejo a toda velocidad y me apreté contra la pared.

Demasiado tarde.

Una de las niñas dijo:

—¡Oye! ¿Qué haces?

21

Me arrimé todo lo que pude a la fría pared de baldosas y aguanté la respiración.

—¿Qué haces? —repitió la niña.

—Sólo voy a coger mi mochila —contestó otra niña—. La dejé aquí después de la clase de gimnasia.

—Bueno, corre, Caitlin. Ya nos hemos perdido la mitad de la competencia de natación.

No respiré hasta que oí que se cerraba la puerta detrás de ellas. Entonces dejé salir una buena bocanada de aire.

Esa estuvo cerca.

Volví a poner el secador de pelo en el gancho. Mi gran idea había sido un fracaso. Me apreté las toallas alrededor de la cintura.

Tenía que buscar ayuda. Tenía que ir a casa y pensar.

Me escabullí rápidamente por el colegio y salí por la puerta de atrás. El sol se había puesto detrás de unos árboles. El aire era frío y húmedo.

"A lo mejor —pensé—, si avanzo escondido entre los arbustos y las vallas… a lo mejor llego a casa sin que nadie me vea".

Sí. Conseguí llegar a casa.

Me acerqué a la puerta de la cocina y miré por la ventana. Ni rastro de mamá. Abrí la puerta y entré.

La cocina estaba caliente y olía a chocolate. Nunca me había sentido tan feliz de estar ahí.

Eché un vistazo por el salón y el cuarto de estar. No había nadie. Sabía que Livvy estaba en casa de su amiga Martha. ¿Estaría mamá en la competencia de natación esperando a que yo saliera a competir?

No podía pensar en eso ahora. Solo podía pensar en una cosa: encontrar un antídoto para la Sangre de Monstruo. Encoger y volver a tener mi estatura.

La casa parecía tan pequeña. Me costó trabajo sortear la mesa de la cocina. Me tambaleé hasta mi cuarto. Las piernas me seguían doliendo de la carrera que había echado hasta la casa.

Cerré los ojos antes de entrar en mi cuarto.

"Por favor, por favor, dime que la enredadera ha vuelto a su tamaño normal".

No. Se extendía hasta el techo, con sus grandes hojas tapando la luz.

Mi cama crujió cuando me tumbé encima y una de las patas se salió. Suspiré. Pesaba demasiado para mi propia cama.

Espera. Se me había ocurrido otra idea.

A lo mejor Bradley me podía ayudar. Recordé lo que me había dicho la primera vez que me enseñó la

Sangre de Monstruo. El huevo de plástico verde venía dentro de una caja.

¿Habría guardado la caja Bradley? A lo mejor tenía las instrucciones de cómo volver a recuperar el tamaño normal.

Mi teléfono móvil estaba en la mesita de noche. Lo cogí y lo abrí. Me sabía el número de Bradley de memoria.

Empecé a dar a las teclas. Las pulsé una y otra vez.

Oh, no.

Mis dedos eran demasiado grandes. Apretaba tres o cuatro números a la vez.

Solté un grito de furia y tiré el teléfono contra la pared.

"Voy a tener que ir a la casa de al lado para verlo —decidí—. Pero no puedo ir tapado solo con una toalla".

Abrí el armario y empecé a buscar entre mi ropa desesperadamente. Todo era demasiado pequeño.

Entonces recordé la gabardina gigante de papá. La había encontrado en una tienda de segunda mano y se la ponía para hacernos reír. ¡Siempre decía que había sitio para dos personas!

¿La habría guardado mamá? ¿Seguiría estando en el armario del sótano?

Las escaleras crujieron bajo mi peso a medida que bajaba al sótano. Encontré la vieja gabardina en el armario. Apestaba a alcanfor, pero no me importaba.

Me la puse por encima y até el cinturón. ¡Me servía perfectamente!

Caminé con mi cuerpo gigante escaleras arriba. Tenía los pies tan grandes que no cabían en los escalones.

—Bradley, espero que estés en casa —murmuré—. Y espero que no hayas tirado la caja de la Sangre de Monstruo.

Abrí la puerta de delante… y pegué un grito.

¡Los dos hombres vestidos de negro! Ellos también gritaron al verme. En un instante bajaron los escalones, mirándome con la boca abierta.

—¡Tú… tú mides cuatro metros! —exclamó uno de los dos.

Al principio me sorprendió verlos. Me asusté. Pero enseguida me di cuenta de que me podían ayudar. Eran justo la ayuda que necesitaba.

—¡Mirénme! —grité—. Soy un gigante. Lo reconozco. Tengo lo que están buscando.

Me miraron con la boca abierta sin decir ni una palabra.

—¡Tengo la Sangre de Monstruo! —dije—. ¡Miren lo que me ha hecho! ¿Me pueden ayudar? Por favor, les prometo que les devolveré la Sangre de Monstruo.

—¿La Sangre de Monstruo? —dijo uno de ellos—. ¿Qué demonios es eso de la Sangre de Monstruo?

22

Ahora me tocaba a mí dejarlos con la boca abierta.

—La Sangre de Monstruo. Ya saben. Esa cosa que querían que les devolviera.

—No tenemos ni idea de qué estás hablando —dijo el hombre de los anillos—. Trabajamos para una compañía que hace latas de Ataque de Gas.

—Enviamos una mala —dijo su compañero—. Olía demasiado. Puede hacer que la gente se ponga muy enferma.

—¿No la compraste tú? —preguntó el primer hombre—. Te devolveremos el dinero.

Yo suspiré profundamente. Estos dos no me iban a ayudar para nada.

—Se equivocaron de persona —dije, moviendo la cabeza apesadumbrado—. Fue mi vecino el que compró el Ataque de Gas. Ya lo hemos usado. Era asqueroso, pero estamos bien.

—Perdona que te hayamos molestado —dijo el tipo de los anillos. Se dieron media vuelta y se metieron en su auto. Al abrir la puerta, se volvió a dirigir a mí—. Buena suerte, muchacho. Oye, ¿alguna vez has pensado jugar al baloncesto?

Ja, ja. Muy gracioso.

Los miré alejarse. Entonces me arreglé la gabardina y corrí por el jardín de la casa de Bradley.

—¡AYYYY! —grité al darme un golpe en la cabeza con una rama baja. Vaya. Supongo que cuando mides cuatro metros tienes que agacharte todo el tiempo.

Subí los escalones y llamé a la puerta de Bradley.

—Tienes que tener esa caja —murmuré—. Tienes que tener las instrucciones.

Bradley abrió la puerta. Casi se le salen los ojos del terror y soltó un grito aterrorizador.

—¡Un GIGANTE! —aulló—. ¡Lárgate, ahora mismo! ¡Voy a llamar a la policía!

—No —dije.

Me cerró la puerta en las narices.

—¡No! ¡Soy yo! —repetí y volví a llamar a la puerta con los dos puños.

La puerta crujió. Vi que las bisagras salían volando. Y la puerta cayó, haciendo un gran estruendo.

¡No controlaba mi propia fuerza!

Oí una sirena ensordecedora. ¡La alarma antirrobos!

Bradley estaba ahí, temblando en el recibidor de la entrada, con los ojos a punto de salirse de la cabeza. Empezó a recular.

—¡Bradley, soy YO! —grité por encima del ruido

de la alarma—. Soy Matt. La Sangre de Monstruo me hizo esto. ¡Me tienes que ayudar!

Me miró con los ojos entrecerrados.

—¿Matt? —preguntó con voz chillona—. ¿De verdad?

Me acerqué hasta él.

—¿Dónde está la caja de la Sangre de Monstruo? Bradley, ¿todavía tienes la caja?

—Puede que sí —dijo—. En mi habitación.

Se dio la vuelta y empezó a correr escaleras arriba.

Intenté seguirlo, pero ¡CRAS!, me di un golpe en la cabeza con el techo. No cabía por las escaleras.

La alarma antirrobos seguía sonando. Miré al segundo piso.

—¿La tienes? ¿La has encontrado?

Entonces oí otras sirenas que venían de la calle.

¡La policía! ¡Respondían a la alarma antirrobos!

Me quedé congelado, en estado de pánico.

—¡Bradley, date prisa! —grité.

¡No podía dejar que la policía me viera así! Se me llenó la cabeza de ideas locas. ¿Qué pasaría si pensaban que era un gigante del espacio sideral? ¿Qué pasaría si disparaban primero y después hacían preguntas?

Tenía que salir de ahí.

Me alejé de las escaleras y vi dos autos de policía que se paraban cerca de la acera, enfrente de la casa.

—¿Bradley? ¿Dónde estás? —grité—. ¿Bradley?

23

Tres policías uniformados salieron corriendo por el camino que daba a la casa.

Agachado, salí corriendo a la parte de atrás de la casa de Bradley.

—¡Policía! —gritó una voz profunda desde la puerta rota.

¿Me habrían visto? Abrí la puerta de la cocina y me escabullí por el jardín de atrás hasta mi casa.

A mitad de camino, oí unas pisadas y una respiración fuerte. Una sombra apareció detrás de mí, en el césped.

La policía. ¡NO!

Me di la vuelta para verlos.

—¡Ah, Bradley! ¡Eres tú! —grité.

—Tengo la caja —susurró Bradley. Me la acercó. Era una caja verde que decía SANGRE DE MONSTRUO con letras rojas que parecían que se estaban derritiendo.

—Vamos. Corre —dije y salí corriendo hacia la puerta de la cocina de mi casa.

La abrí y agaché la cabeza para entrar.

—¿Cómo? ¡Un momento!—. Me quedé congelado de la sorpresa.

No me tenía que agachar. Cabía perfectamente por la puerta.

Me agarré a la puerta con fuerza. Algo tiraba de mí hacia abajo. Algo invisible, algo que me arrastraba, me apretaba… ¡me aplanaba!

Me dolía todo el cuerpo y comencé a quejarme por el dolor.

Me quedé sorprendido al ver que estaba encogiendo.

Vi cómo las manos se hacían más pequeñas, como cuando los globos pierden aire.

Los brazos encogieron. El suelo parecía levantarse. Pero sabía que era yo el que iba hacia abajo. Doblándome… bajaba… bajaba…

En unos segundos volvería a ser unos centímetros más alto que Bradley. Seguí encogiendo… haciéndome cada vez más pequeño dentro de la gabardina… desapareciendo.

¿Desapareciendo?

¡Sí! Estaba encogiendo demasiado rápido. ¡Encogía demasiado! En unos segundos sería del tamaño de un mosquito. Y luego ¡DESAPARECERÍA!

—¡Ayúdame! ¡Ayúdame! —grité e intenté estirarme hacia arriba. Intenté crecer. Intenté alargarme.

Pero no podía luchar contra la fuerza que tiraba de mí hacia abajo.

Me agarré a los lados de la puerta. Intenté luchar contra el estado de pánico que me invadía. Me apretaba la garganta. No me dejaba respirar.

Un pánico total que me dejaba la mente en blanco.

Miré a Bradley, que cada vez me resultaba más y más alto.

Y sabía que no podía pararlo.

En unos segundos desaparecería para siempre.

24

La luz de la cocina parecía estar muy lejos. Me sentía como un ratoncito mirando al techo.

—¡Haz algo! —le grité a Bradley—. ¡No puedo dejar de encoger!

Él me miraba con estupor.

—¡Lee la caja de la Sangre de Monstruo! —grité—. ¿Qué dice? ¡Léelo!

A Bradley le temblaban las manos al acercarse la caja a la cara. Le dio un par de vueltas buscando las instrucciones. Se le cayó al suelo. Se agachó para cogerla y la pisó.

—¡Corre! —supliqué. Sentía cómo los huesos se me encogían.

—Espera. Creo que he encontrado algo —dijo Bradley por fin. Empezó a leer lo que decía en un lado de la caja.

—Esperamos que disfrutes de esta versión de doce horas de la SANGRE DE MONSTRUO. Si quieres obtener resultados más emocionantes, usa este cupón

98

del 20 por ciento de descuento para la nueva y mejorada ¡SANGRE DE MONSTRUO DE LARGO EFECTO!

—¡Es solo una muestra! —grité feliz—. ¡Sí! ¡Sí! Solo una muestra y se está pasando el efecto.

Corrí hacia el espejo del pasillo y me miré. ¡Biennnn! Volvía a tener mi estatura normal.

—¡Excelente! —Me di la vuelta y choqué la mano con Bradley. Después chocamos los nudillos—. ¡Ya estoy normal! ¡Estoy normal! —grité.

Corrí por las escaleras.

—Vamos a ver cómo está mi enredadera —dije—. Seguro que también está normal.

Bradley me siguió por las escaleras. Todavía podía oír la alarma en la casa de al lado.

—¡Guau!—. Bradley se quedó paralizado en la puerta de mi habitación y soltó un grito. La enredadera seguía alta hasta el techo. No había encogido como yo.

—¡Es... es como estar en la jungla! —exclamó Bradley.

—Supongo que la Sangre de Monstruo no funciona igual en las plantas —dije.

No me importaba. Yo había vuelto a la normalidad.

Volvimos a la cocina y mamá entró corriendo.

—¡Ay, gracias a Dios! ¡Están los dos a salvo! —exclamó—. Hubo un robo en la casa de al lado. Los ladrones rompieron la puerta del frente, pero no se llevaron nada.

—Ya lo sé —dije—. Fui a la casa de al lado, mamá, y...

—¿Ayudaste a Bradley? —preguntó mamá—. ¿Arriesgaste tu vida para ayudar a Bradley? Matt, eso es increíble—. Me abrazó.

¿Debía decirle la verdad? ¿Debería contarle lo que había pasado realmente?

No. Nunca me creería.

Esa noche, en mi cuarto, podé las hojas de mi enredadera para volver a tener acceso a mi escritorio. Me sentía genial. No. Me sentía mejor que genial.

Había vuelto a la normalidad. Había batido la marca mundial de los 500 metros en estilo libre. Y ahora quería ganar el premio del Sr. Scotto.

Empecé a unir los lados de mi jaula de pájaros. Ya tenía todos los cables listos para instalarlos. Sabía que podía construir el proyecto ganador.

Bradley de ninguna manera podría hacer uno mejor que yo...

25

A la mañana siguiente, mamá me llevó al colegio con mi proyecto de Ciencias.

Lo llevé con mucho cuidado hasta el gimnasio. Ya había docenas de niños allí. Habían puesto unas mesas alargadas debajo de la cancha de baloncesto.

La sala estaba bastante silenciosa. Los chicos estaban ocupados preparando sus proyectos.

Llevé mi jaula de pájaros por el primer pasillo, buscando un lugar para ponerla. Me detuve al lado de Shawn Deere, una niña prodigio de mi clase que me cae muy bien. Había puesto una manguera en la parte de atrás de una caja de plástico.

—Shawn, ¿qué es eso? —dije.

No levantó la mirada. Estaba concentrada en la manguera.

—Es una catarata que va hacia ARRIBA —contestó—. Estoy intentando demostrar que la gravedad no existe.

—Impresionante —dije. Fui a la mesa siguiente. Había un niño poniendo pilas a un aparato sofisticado de metal. Parecía un insecto con doce patas.

—Es una máquina de autodestrucción —dijo—. Cuando la encienda, se autodestruirá.

—Qué bien —dije.

Seguía pensando que mi jaula de pájaros tenía muchas probabilidades de ganar. Era simple y útil, y funcionaba de verdad. La puse al final de una mesa y comprobé sus funciones. Cuando se la enseñara al Sr. Scotto, quería que todo funcionara perfectamente.

Poco después, el Sr. Scotto se acercó por el pasillo. Estudió todos los proyectos y tomó notas en una tablilla.

Como yo estaba al final de la mesa, mi proyecto fue el último que vio. Se quedó francamente impresionado con el control de temperatura y la capa de protección para el agua. Sonrió cuando le enseñé cómo funcionaba el comedero de semillas automático.

—Matt, has cogido la idea de Bradley y la has llevado a otro nivel —dijo—. Qué gran imaginación. ¡Y el programa de computadora es brillante!

—Gracias —contesté. Noté que el corazón me empezaba a latir con fuerza. Estaba muy nervioso.

—Tengo que volver a echar otro vistazo a algunos de los proyectos —susurró—. Y tengo que ver la jaula de pájaros de Bradley, pero creo que tu proyecto es el ganador.

Se alejó por el pasillo. Quería dar saltos de alegría por el triunfo. Pero sabía que todavía tenía que esperar.

Miré a las filas de mesas. Un momento. ¿Dónde estaba Bradley?

—No lo puedo creer —murmuré. Bradley no estaba.

Supuse que no había conseguido hacer funcionar su jaula de pájaros. O a lo mejor se había dado cuenta de que no podía ganar con una idea robada.

Vi que el Sr. Scotto volvía a venir por el pasillo. Tenía una gran sonrisa en la cara y llevaba un gran trofeo plateado en las manos. Sabía que estaba a punto de anunciar el ganador.

—Matt —dijo.

Entonces las puertas del gimnasio se abrieron de par en par y vi un árbol gigante que pasaba por la puerta.

No. No era un árbol.

Tardé unos segundos en reconocer mi enredadera. Sus ramas se estiraban como si fueran troncos de árboles. Las enormes hojas se bamboleaban y se movían como si fueran las velas de un barco.

Bradley dejó la maceta en el suelo y salió de detrás de la planta.

—¡Tachán! —cantó—. Sr. Scotto, he hecho que esta planta creciera con haces de rayos ultravioletas.

Qué mentiroso.

Entre las paredes del gimnasio se oyeron gritos. Algunos chicos empezaron a aplaudir. Los chicos se quedaron con la boca abierta al ver la planta gigante y no lo podían creer.

La enredadera salía de la maceta como si fuera un monstruo de una película de miedo. Las grandes hojas temblaban y brillaban bajo las luces. Las ramas se retorcían como grandes serpientes verdes.

El Sr. Scotto le dio a Bradley el trofeo plateado.

—¡Nuestro GANADOR!

Se oyeron gritos de júbilo.

Yo no grité. Estaba demasiado sorprendido para hacer nada. Me tuve que agarrar a la mesa para no caerme al suelo.

"No puedo dejar que Bradley se salga con esta —decidí—. No lo puedo dejar ganar con esta mentira. Es un tramposo. Y esa planta ni siquiera es suya... es MÍA".

Me dirigí hacia Bradley y el Sr. Scotto. Tenía que decirle la verdad al Sr. Scotto sobre el proyecto de Bradley. Tenía que hacerlo.

Pero cuando estaba a medio camino del gimnasio, miré hacia atrás y vi una de las ramas serpenteantes que se enrollaba en el tobillo de Bradley.

Bradley levantaba el trofeo por encima de la cabeza, disfrutando de los aplausos, y no parecía haberse dado cuenta.

Después otra rama se extendió y se enrolló en la rodilla de Bradley.

Bradley tenía el trofeo y posaba para las fotos. Se disparaban los flashes. La sonrisa de Bradley era cada vez mayor.

Vi cómo otra rama gruesa se enrollaba en su cintura. Otra le rodeó el muslo. Bradley se había metido en un lío enorme y no tenía ni idea. ¿Conseguiría escapar?

Decidí darme prisa.

Me abrí paso entre la multitud y los fotógrafos del periódico y le di la mano a Bradley.

—¡Enhorabuena! —le dije—. Te lo mereces, Bradley. Realmente te lo mereces.

BIENVENIDO A HORRORLANDIA

¡DONDE LAS PESADILLAS SE HACEN REALIDAD!

LO QUE HA PASADO HASTA AHORA...

Después de su batalla con la Sangre de Monstruo, Matt estaba feliz de haber recibido una invitación sorpresa al parque temático HorrorLandia. Uno de los horrores incluso le dio una tarjeta especial para que ganara todos los juegos. La suerte de Matt estaba mejorando. O eso pensaba él...

Matt pronto conoció a Billy y Sheena Deep. Encontraron un café en el que vieron a sus dos amigas desaparecidas, Britney y Molly, detrás de un escaparate grande. Matt usó su tarjeta para entrar en el misterioso café... ¡y se quedó anonadado! Britney y Molly habían desaparecido...

¡Y Sheena se había vuelto invisible!

¿Qué pasará a continuación? Dale la vuelta a la página y acompaña a Matt en HorrorLandia.

Los chicos que me conocen a mí, Matt Daniels,
saben que puedo hacer de todo. Al fin y al cabo, si
alguna vez te has convertido en un chico de cuatro
metros de altura en menos de una hora, eres capaz
de hacer cualquier cosa.

Pero ahí estaba yo, mirando fijamente el espejo
del pequeño café del hotel de HorrorLandia. Las
dos chicas se habían desvanecido en el aire. Había
otra chica detrás de nosotros, ¡pero no la podíamos
ver!

¡Era imposible que todo esto me entrara en la
cabeza!

Estaba inmóvil, parpadeando sin parar, pero no
conseguía que la habitación dejara de dar
vueltas.

"En HorrorLandia pasan cosas muy raras —me
dije a mí mismo—. Se supone que debe dar miedo.
¿Será un truco eso de que los chicos se vuelvan

invisibles? ¿O está pasando algo realmente peligroso?"

Delante de mí, el gran espejo de la pared del café brillaba y burbujeaba ¡como si estuviera vivo!

Me alejé del espejo y miré al chico que acababa de conocer, Billy Deep. Él y su hermana también habían recibido una invitación sorpresa para ir a HorrorLandia. Ahora no parecía nada contento. Tenía la boca abierta y los ojos a punto de salirse de la cabeza. Parecía asustado.

El café estaba vacío. Solo había filas de mesas con manteles a cuadros blancos y azules.

—¡Ayúdenme! —gritó Sheena—. ¡Matt! ¡Billy! ¡Tienen que hacer algo! ¡Soy invisible!

—No entiendo nada —balbuceó Billy. Le costaba mucho articular palabras.

Sentí que el corazón me golpeaba el pecho. Me esforcé por pensar.

Soy un genio de las Ciencias. Sabía que tenía que haber una respuesta científica para lo que estaba sucediendo.

—¿Será un espejo trucado? —pregunté.

—Cuando entramos en el café... yo... toqué el espejo —dijo Sheena con voz temblorosa—. Pensé que había visto a Britney y a Molly ahí. Al tocarlo, sentí una sensación rara. Era suave... y cálido a la vez.

—¡Así que es un espejo trucado! —grité. Salí corriendo y metí la mano.

—¡MIRA! —dije cuando se me hundió la mano en el espejo.

El espejo efectivamente era suave y cálido. Un poco pegajoso. Tenía la mano metida hasta la muñeca y notaba que el líquido espeso tiraba de mi brazo.

—¡De eso nada! —grité y saqué la mano.

Billy se acercó corriendo y tocó el espejo con la mano. Le dio un puñetazo. Los dos le dimos puñetazos.

Ahora era un cristal sólido.

—Tiene que ser un truco —dije—. Pero ¿cómo puede ser suave y líquido un momento y después...

—¡Olvídate del espejo! —gritó Sheena—. ¡Haz algo para ayudarme! ¿Es que te has olvidado de mí? ¡Soy invisible! ¡Me tienes que ayudar!

No me extraña que tuviera los nervios de punta. Pero en ese momento se me acababa de ocurrir otra idea.

—A lo mejor Britney y Molly están aquí —dije—. Igual que Sheena. A lo mejor ellas también son invisibles.

—¿Qué? —preguntó Billy mirándome con los ojos entrecerrados.

Empecé a gritar.

Entonces él también se unió.

—¿Molly? ¿Britney? ¿Están aquí?

—¿Nos pueden oír? ¿Britney? ¿Molly? —dije—.
¿Siguen en el café con nosotros? ¿Están aquí?

2

Silencio.

Todo estaba tan tranquilo que podía oír la sangre palpitando en mis oídos.

Noté que Sheena me tiraba del brazo.

—Vamos —dijo—, tenemos que buscar ayuda.

Billy y yo salimos disparados hacia la puerta del café. Sabía que Sheena estaba detrás de nosotros. Podía oír sus pisadas en el suelo de baldosas.

Salimos al largo pasillo del hotel que estaba lleno de telarañas que colgaban del techo. El papel pintado blanco y negro estaba cubierto de calaveras sonrientes.

¿Pero a quién le importaban ahora esas cosas de mentira? Teníamos un problema real que teníamos que resolver.

—El horror de la recepción seguro que sabrá qué hacer —dijo Billy, tragando saliva y añadiendo—: Espero.

—Antes se negó a ayudarnos —dijo Sheena.

113

—Esto es distinto —dije—. Esta vez...

Dimos la vuelta a la esquina y nos topamos con dos horrores. Llevaban uniformes negros y naranjas y tenían unas placas plateadas en la gorra. PM: Policía Monstruosa.

Leí las etiquetas con sus nombres. El pelirrojo alto se llamaba Benson. Su compañero regordete se llamaba Clem. Clem tenía unos cuernos morados y retorcidos que le salían de la frente.

Ya me había topado antes con la PM. Unos miembros de la PM me habían perseguido por el parque. Intentaron quitarme la extraña tarjeta de plástico que me había dado otro horror, pero yo la llevaba bien escondida en el bolsillo de mis pantalones.

Normalmente me daban mucho miedo, pero esta vez me alegraba de verlos.

—Necesitamos su ayuda —dije respirando con dificultad.

—La recepción es por ahí —dijo el horror llamado Benson y señaló al pasillo.

—No lo entiendes —dije—. Tenemos un problema. La hermana de Billy se ha vuelto invisible.

Los dos policías me miraron con los ojos entrecerrados. Clem se rascó el cuerno izquierdo. Benson se rió.

—Estás bromeando, ¿no?

Clem sonrió a su compañero.

114

—¿Qué le dijo el doctor al Hombre Invisible? Lo siento, ahora no lo puedo ver.

Los dos se rieron.

—Esto no es una broma —repitió Billy—. Fuimos a ese restaurante que está por ese pasillo y me hermana se volvió invisible. Lo digo en serio.

Sus sonrisas desaparecieron. Bajo sus cuernos, Clem tenía los ojos amarillos. Se quedó mirando fijamente a Billy.

—¿Dónde está tu hermana?

—¡Estoy aquí!

Oí a Sheena, pero los dos horrores no la oyeron. ¿Estarían haciendo como que no la oían? ¿O sería esto uno de los trucos de magia de HorrorLandia? ¿Acaso solo Billy y yo podíamos oír a Sheena?

—Está justo delante de ustedes —les dije—. Las otras dos chicas desaparecieron completamente cuando entramos en el café. No nos lo estamos inventando.

—¿Es esto un truco de HorrorLandia? —preguntó Billy—. ¿Algo para asustarnos?

Los dos horrores no contestaron su pregunta.

—¿Dijiste que habían desaparecido dos chicas? —preguntó Clem.

—Las vimos en el espejo —dije—. Pero entonces...

—¿Espejo? ¿Qué espejo? —dijo Benson.

Los dos horrores se pusieron tensos. Se acercaron. Sabía que algo los había preocupado.

Benson se puso la mano en la cintura.

—¿Dónde sucedió esto? —preguntó.

—Ya te lo he dicho, en el pequeño café que hay al dar la vuelta a la esquina —dijo Billy.

—¿Nos van a ayudar o no? —gritó Sheena.

Clem volvió a rascarse el cuerno.

—¿Café?

—Llévanos ahí —ordenó Benson—. Enséñanos ese café con el espejo.

—¿Y entonces ayudarán a mi hermana? —preguntó Billy.

—Sí, sí —murmuró Clem.

Benson se puso la gorra en la cabeza.

—Tú llévanos ahí —dijo.

Me puse delante. No había que andar mucho, pero daba la sensación de que estaba a muchos kilómetros. Me daba pena Sheena. La podía oír respirar con fuerza. Sabía que debía de estar muy asustada.

Nos agachamos para pasar por debajo de un montón de telarañas falsas. Al fondo del pasillo oí una risa malévola y después unos chicos gritando y riéndose.

"HorrorLandia se supone que es para pasarlo bien y divertirse —pensé—. No se supone que los chicos tengan que desaparecer y volverse invisibles".

Algo había salido muy mal.

Me pregunté si los horrores tenían idea de cómo ayudarnos.

Dimos la vuelta a la esquina y fuimos hasta la mitad del pasillo. Los dos horrores nos seguían de cerca, con la mirada fija al frente.

—Oye —dijo Billy deteniéndose—. El café... estaba justo aquí. Me acuerdo que...

En ese momento se me secó la garganta. Una vez más oí que la sangre me palpitaba en las orejas.

El café había desaparecido.

Ahí no había nada más que una pared sólida.

—¡Tiene que estar aquí! —sollozó Sheena—. ¡Tiene que estar!

Billy se volvió hacia mí.

—¿Nos metimos por el pasillo equivocado?

Yo negué con la cabeza.

—Está aquí. Estaba justo aquí—. Le pegué un puñetazo a la pared. Era dura como una piedra.

Billy recorrió el pasillo pasando la mano por la pared. Supongo que intentaba ver si había una puerta secreta o algo así.

Al cabo de unos segundos volvió, con los ojos muy abiertos, en estado de pánico.

Clem nos miró con cara de mal humor.

—Aquí nunca ha habido un café —dijo—. ¿A qué juegan?

—¡Esto NO es un juego! —gritó Sheena—. ¡El café estaba aquí! ¿Es que no me oyes?

—Oye, mira, no nos lo estamos inventado —dije—. De verdad que había un café aquí. Las dos chicas desaparecieron de verdad. Y la hermana de Billy...

—Está aquí —les dijo Billy.

—¿Nos van a ayudar o no? —exigí.

Los dos horrores se alejaron por el pasillo. Empezaron a murmurar algo entre ellos sin quitarnos la vista de encima.

Por fin, Benson nos hizo un gesto para que lo siguiéramos.

—Vengan por aquí, niños —dijo—. Perdonen que dudáramos tanto. Creo que el sargento Clem y yo los podemos ayudar. Vamos al laboratorio.

—¡Por fin! —gritó Billy—. ¿De verdad pueden ayudar a que mi hermana vuelva a ser visible?

—A lo mejor —murmuró Benson. Él y su compañero empezaron a andar muy rápido. Billy y yo teníamos que ir corriendo para seguirlos. Doblamos una esquina y nos metimos por otro pasillo largo y oscuro.

Oí a Sheena que corría detrás de nosotros.

—¿Están seguros de que podemos confiar en ellos? —preguntó.

—No nos queda otro remedio —contestó Billy.

Benson nos llevó hasta el fondo del pasillo. Se paró delante de dos puertas anchas. Había un cartel en la pared que decía: CÁMARA DE DETENCIÓN.

Clem metió una tarjeta verde por la ranura y las puertas se empezaron a abrir.

—Por aquí —ordenó, haciendo un gesto con la mano.

—¿Por qué tenemos que entrar ahí? —pregunté.

—Tenemos que detectar a la niña invisible —dijo Clem—. Si no la podemos ver ni oír, no podemos hacerla visible otra vez.

Parecía tener sentido. Los seguimos por la puerta.

Me quedé sin aliento cuando pude ver bien bajo la luz mortecina. Aquella sala no parecía un laboratorio para nada. ¡Parecía la cámara de tortura de una película de miedo!

Lo primero que vi fue una silla alta de la que salían unos cables rojos y azules, ¡como una silla eléctrica! Al lado había un marco de madera con una cuchilla en la parte de arriba. ¿Una guillotina?

Un cono de luz caía sobre una mesa blanca y larga. Encima de la mesa había unas cintas de cuero. Justo al lado, había un armario lleno de instrumentos metálicos brillantes.

En la pared había varias máquinas oscuras haciendo ruido. Una pila de jaulas metálicas, del tamaño de jaulas de perro, descansaba en medio de la sala. Un silbido agudo llenaba el aire.

Me llevé a Billy a un lado.

—Vámonos de aquí —dije.

Me di la vuelta, pero las puertas ya se habían cerrado a nuestras espaldas.

Me recorrió un escalofrío por todo el cuerpo.

—¿Qué tipo de sitio es este? —grité—. ¿Por qué nos han traído aquí?

—Para ayudarlos —dijo Clem. Sacó una mesa baja de metal, como la que usan los médicos para hacer los exámenes. La mesa tenía unos mandos rojos y negros en un lado.

Empezó a mover los cables que había por debajo.

—Sabemos cómo resolver su problema —dijo Benson. Se acercó a Billy y a mí. Se quedó mirando a Billy durante un buen rato. Después me miró a mí.

—Solo queremos ayudar —dijo Benson.

Detrás de él, Clem enchufó algo a la pared. Los mandos de la mesa de metal se encendieron.

—Sabemos por qué tienen problemas —dijo Benson suavemente—. Tienen algo que no les pertenece.

Increíble. Sabía exactamente de qué estaba hablando.

La tarjeta. La extraña tarjeta que había escondido en el bolsillo.

—Dénmela ahora mismo —dijo Clem extendiendo su enorme mano llena de verrugas rojas y moradas—. Dénmela y se acabarán sus problemas. Lo prometo.

¿Por qué no le creía?

Porque era un mentiroso asqueroso. No podía esconder esa sonrisa bobalicona de la cara.

—Confíen en nosotros —dijo Benson—. Estamos aquí para ayudarlos. Queremos que todos nuestros invitados se diviertan en HorrorLandia.

Clem se tocó uno de sus cuernos retorcidos. Entonces volvió a acercar su mano verrugosa.

—Uno de ustedes tiene lo que estamos buscando. No me obliguen a quitársela.

¡De ninguna manera iba a dejar que me quitaran la tarjeta!

No se la pensaba dar hasta que me dijeran por qué tenían tanto interés en recuperarla.

De eso nada. ¡Ni hablar!

Pero ¿qué podía hacer?

4

Me temblaban las piernas pero me quedé muy quieto. Les devolví la mirada a los dos horrores, intentando parecer muy valiente.

Veía a Billy que estaba temblando a mi lado. Sabía lo que querían los dos horrores, pero no dijo ni una palabra.

Clem cogió a Billy por los hombros. Fue delicado, nada brusco, pero lo empujó hasta la mesa de metal.

—Siento mucho tener que hacer esto —dijo—. Hubiera sido mucho más fácil si me la hubieran dado.

—Yo… no tengo ni idea de qué estás hablando —balbuceó Billy—. De verdad. No tengo nada.

—Túmbate en la mesa —dijo Clem—. ¡Ahora mismo!

—¡SUÉLTALO! —gritó Sheena.

Clem tenía a Billy agarrado por las axilas con

su manaza verrugosa. Empezó a levantarlo para ponerlo en la mesa.

—¿Qué me van a hacer? —gritó Billy.

—Relájate, muchacho —dijo Benson—. No te vamos a hacer daño. Es una máquina de rayos X. Eso es todo.

—¿Una máquina de rayos X? —gritó Billy—. Pero...

—Uno de ustedes tiene lo que estamos buscando —dijo Benson—. La máquina de rayos X lo revelará. Así que relájate. Sólo tomará un minuto.

Vi cómo Clem ponía a Billy en la máquina de rayos X.

"Increíble —pensé—. Si realmente se toman tantas molestias debe de ser porque la tarjeta es realmente especial. —El cerebro me daba vueltas—. ¿Qué puede tener de especial?"

Mientra Clem se inclinaba por encima de la mesa, Billy estaba boca arriba con los brazos pegados a los lados.

—No muevas ni un músculo —ordenó Clem.

Benson empezó a girar los controles del lado de la mesa. Miró a una pantalla de vídeo que había en la pared. Se veían los huesos de Billy en la pantalla de rayos X. Vi un paquete de chicles que tenía en el bolsillo.

—Este no la tiene —le dijo Benson a su compañero.

Clem levantó suavemente a Billy de la mesa y lo puso en el suelo.

—Gracias, muchacho —dijo Clem—. Perdona si te he asustado.

Billy movió la cabeza y se echó el pelo hacia atrás. Me miró, pero yo no dije nada.

Clem me hizo un gesto para que me acercara a la mesa.

—Te toca a ti, colega.

Me temblaban las piernas y mi corazón iba a mil por hora. Pero de ninguna manera iba a dejar que supieran que tenía miedo.

—Muy bien —dije.

No esperé a que me lo dijeran. Me subí a la mesa yo solo.

5

Me tumbé boca arriba y apreté las manos contra el frío metal. Desde ahí no podía ver la pantalla, pero sabía que los dos horrores la estaban estudiando.

La sala se quedó en silencio. Podía oír el zumbido de las máquinas que había detrás y el silbido del vapor por la habitación.

—Este tampoco la tiene —dijo por fin Benson—. Deja que se levante.

Clem me puso de pie. No pude evitar sonreír al acercarme a Billy. A estos tontos se los podía engañar fácilmente.

—¿Nos podemos ir ahora? —preguntó Billy.

—No tan rápido —dijo Clem—. Vamos a hablar de ese espejo que vieron.

Agarré a Billy por el brazo y tiré de él.

—Vámonos.

Nuestros zapatos resonaron contra el suelo duro cuando salimos corriendo hacia las puertas. Me di la vuelta y vi que los dos horrores habían salido detrás de nosotros.

—¡Eh! —gritó Clem al tropezarse con algo y caer al suelo. Benson se tropezó con él y se dio en la cabeza con la máquina de rayos X.

Oí la risa de Sheena.

—¡Le puse una zancadilla! —gritó—. ¡Ahora por fin creerá que estoy aquí!

Los dos horrores se estaban reincorporando. No teníamos mucho tiempo.

Empecé a tirar de las manillas de las puertas, pero no se abrían.

—Sheena, rápido —dije—. Devuélveme la tarjeta. A lo mejor funciona.

Sí, eso fue lo que hice cuando me pusieron en la mesa de rayos X. Le había dado la tarjeta a Sheena. Ella la tapó con la mano y se hizo invisible.

Ahora parecía que venía flotando hacia mí. La cogí y la metí por una ranura que había al lado de las puertas.

¡Bien! ¡Funcionó otra vez! Las puertas hicieron un ruido muy fuerte y luego se abrieron de par en par.

Salimos volando del laboratorio y nos alejamos rápidamente por el pasillo. Empujé la puerta de atrás del hotel y salí a la calle. Las nubes cubrían el cielo. El aire estaba frío y húmedo.

—¡Vamos! —dije, tirando de Billy—. Tenemos que perdernos entre la gente.

—Pero ¿cómo? —gritó Billy—. Tenemos a los dos horrores justo detrás.

Miré hacia atrás. Venían hacia nosotros a toda velocidad, gritando.

—¡Detengan a esos chicos! ¡Deténganlos!

Seguí corriendo. Pasamos al lado de la tienda de máscaras. Después pasamos frente a una tienda llamada AULLIDOS. Al pasar, oí unos aullidos aterradores que salían por la puerta.

No había ningún lugar para esconderse.

—¡Detengan a esos chicos! —gritaban los horrores, que estaban bastante cerca.

Al darme la vuelta casi choco con un auto lleno de cabezas reducidas.

—Los van a atrapar —dijo Sheena cerca de mí—. ¿Intento pararlos otra vez?

—No. Por aquí —dije, señalando. Se me había ocurrido una idea.

Nos metimos entre un grupo de chicos que había en el centro de la plaza. A lo lejos vi un montón de gente que hacía cola para entrar en el Teatro Embrujado.

—¡Haz la cola! ¡Rápido! ¡Haz la cola! —grité.

Nos pusimos al final de la cola. Ojalá que los horrores no buscaran a dos chicos que hacían cola para entrar en el teatro.

Billy y yo estábamos sin aliento. La cola empezó a moverse rápidamente.

—Intenta parecer normal —dije—. No mires hacia atrás. No busques a los dos horrores.

—Pe... pero... —tartamudeó Billy, dándome un golpecito en el hombro.

Me di la vuelta y vi que Clem y Benson venían hacia donde estábamos. Tenían la cabeza agachada y la mirada fija en nosotros.

Bueno, de acuerdo. No todos mis planes son brillantes. Nunca dije que era perfecto.

Los tres empezamos a correr otra vez por la plaza. Al otro lado de la Plaza de los Zombis vi un edificio gris y estrecho que no tenía ventanas. Encima de la entrada había un cartel con letras que parecían estar sangrando. Decía: LABORATORIO DEL DR. RETORCIDO.

—Vamos —susurré y entramos disparados por la estrecha puerta.

Estaba oscuro. Oscuro y silencioso. Parpadeé con fuerza, esperando que se me adaptara la vista.

Estábamos en una habitación larga y estrecha con paredes negras. Unos tubos de cristal negros y verdes se retorcían por encima de nuestras cabezas. Una lámpara reflejaba su débil luz sobre una mesa de laboratorio estrecha, llena de probetas y tubos de ensayo brillantes.

Había un esqueleto que llevaba una bata blanca apoyado en un extremo de la mesa. Metía un gas verde de una probeta a la otra.

—Bienvenidos a mi laboratorio —dijo con una voz suave pregrabada—. Llegan justo a tiempo para mi nuevo experimento. ¡De hecho, USTEDES son mi nuevo experimento! ¡Jajajajaja!

—No puede ser. Si acabamos de escaparnos de

un sitio así —dijo Sheena, que seguía respirando con fuerza.

—La diferencia es que aquel sitio era de verdad —dije—. Este es de mentira.

Oímos voces que venían de afuera. Nos escondimos debajo de la mesa, arrodillados. Tomé aire y aguanté la respiración.

Unos segundos más tarde oí unas pisadas y, después, la voz de Clem.

—¿Se han metido aquí?

—No, ya te he dicho que no. Fueron corriendo hacia el teatro —contestó Benson.

Salieron. Me di cuenta de que todavía seguía aguantando la respiración. Solté aire lentamente y me puse de pie.

Me apoyé en la mesa de laboratorio para intentar aclarar mis ideas.

—Los hemos despistado —murmuré.

—Bienvenidos a mi laboratorio. Llegan justo a tiempo para mi nuevo experimento... —volvió a repetir el esqueleto.

—¿Ahora qué? —preguntó Billy en voz baja.

—No lo entiendo —dijo Sheena—. ¿Por qué no nos ayudaron los horrores? ¿Por qué no nos creyeron? Les dijimos que las dos chicas habían desaparecido y que yo me había vuelto invisible. Y no les importó para nada. Lo único que querían era quitarle la tarjeta a Matt.

—Oye, mira esto —dijo Billy. Estaba mirando

unas jarras de cristal de la estantería de abajo—.
¿Son esas cosas cabezas de animales de verdad?

—Aquí no hay nada de verdad —dije—. Todo es
de mentira.

—¡De hecho, USTEDES son mi nuevo
experimento! ¡Jajajajaja! —repitió una vez más el
esqueleto. De sus probetas salía gas verde.

—Tenemos que salir de aquí —dije.

Billy cogió una caja de la estantería.

—Qué raro —murmuró—. Dice PRUÉBAME.

Me fijé en las letras rojas grandes chorreantes de
la caja verde que decían SANGRE DE MONSTRUO.

Billy empezó a levantar la tapa.

—¡NOOOOO! —grité—. ¡NO LA ABRAS!

Mi grito sobresaltó a Billy e hizo que tirara la caja.

Dio un golpe fuerte en el suelo al caer y se abrió la tapa.

—¡Oh, no! —gritaron Billy y Sheena cuando la masa verde burbujeante empezó a salir de la caja.

La Sangre de Monstruo salía haciendo ruido y se extendió hasta nuestros pies. Entonces empezó a crecer y a subir rápidamente. ¡Se incorporó como si estuviera viva!

Di un salto hacia atrás. Mi cabeza daba vueltas. ¿Cómo había llegado la Sangre de Monstruo a HorrorLandia?

Billy se agachó e intentó meter la masa verde desesperadamente en la caja. Pero se había extendido demasiado rápido. Se le pegó a sus zapatos y empezó a trepar por la pierna.

—¡Quítamela! —gritó dando patadas y moviendo las piernas sin parar.

—¡Corre! —dije—. ¡Está creciendo! ¡Vamos!

—No puedo. ¡Se me está enrollando en las piernas! —gritó Billy.

Billy intentó quitársela con las manos, pero se le quedaron atascadas en la baba burbujeante. En pocos segundos sus manos desaparecieron en la Sangre de Monstruo.

—¡Ayúdame! ¡Quítamela! —aulló.

Entonces vi la silueta de dos manos que se metían en la Sangre de Monstruo. ¡Las manos de Sheena! Intentaba rescatar a su hermano.

—Es demasiado pegajosa. ¡No la puedo quitar! —dijo. Se quedó sin respiración cuando la masa verde empezó a rodearle los brazos.

No podía ver a Sheena, pero podía ver que sus manos tiraban de la masa. Luchaba por quitársela de los brazos.

Me quedé congelado mirando con horror cómo la Sangre de Monstruo los cubría, haciendo chasquidos y burbujeando.

—¡Nos... nos está tragando! —gritó Billy—. ¡Matt! ¡Ayúdanos! ¡Nos va a tragar!

¿Cómo podía estar pasando eso? ¿Me había seguido la Sangre de Monstruo hasta ahí?

Quería ayudar a mis amigos, pero sabía que si intentaba coger la cosa esa, se me pegaría y me envolvería a mí también.

¿Qué podía hacer?

Tenía las manos inmóviles. Vi cómo Billy y su hermana pateaban y retorcían el cuerpo, luchando contra la baba que crecía rápidamente.

La tarjeta.

Metí la mano en el bolsillo de mis pantalones. ¡Bien! La extraña tarjeta ya me había ayudado antes. A lo mejor...

Me temblaba la mano. Luché para sacarla de mi bolsillo.

La levanté en alto y apunté la parte de delante de la tarjeta a Billy y a Sheena y la dejé así un rato.

No pasó nada.

La Sangre de Monstruo le llegaba a Billy hasta el cuello y los hombros. Los ojos casi se le salían. Tenía la boca abierta en un grito ahogado de terror.

Podía ver la silueta de las manos y los brazos de Sheena mientras luchaba para liberarse, retorciéndose y moviéndose sin parar.

—¡Ayúdanos, Matt! ¡Haz ALGO!

Le di la vuelta a la tarjeta y lo intenté de nuevo.

Nada.

Acerqué más la tarjeta hasta que casi tocaba la Sangre de Monstruo.

—¡Vamos! ¡Funciona! ¡FUNCIONA! —rogué.

Pero no. La tarjeta no ayudaba para nada.

—¡Matt, me llega hasta la barbilla! —aulló Billy.

—Es tan pegajosa... No puedo respirar —se oyó la voz de Sheena como un susurro ahogado.

Todavía sujetaba la tarjeta delante de mí cuando una voz retronó en la entrada del laboratorio.

—¿QUÉ ESTÁ PASANDO AQUÍ?

—¿Qué?—. Sorprendido me di la vuelta y casi me caigo. Un horror gigante irrumpió en el laboratorio con sus manos peludas cerradas en dos puños.

Tenía dos cuernos pequeños y amarillos en la cabeza y pelo verde ondulado que le caía por su prominente frente. Sus ojos azules brillaban bajo unas cejas pobladas.

Lo reconocí. Sí. Al acercarse pude leer el nombre en la etiqueta que tenía en su uniforme morado y verde: BYRON.

Byron era el horror que me había recibido cuando llegué a HorrorLandia. Era el Horror que me había dado la tarjeta.

—¿Qué es eso? ¿Qué han hecho? —gritó con su voz atronadora.

Señalé a mis amigos, que seguían luchando. Billy y Sheena estaban casi totalmente enterrados en una montaña verde de Sangre de Monstruo.

—¿Los puedes ayudar? ¿Puedes hacer algo? —pregunté.

Byron frunció el ceño. Estudió la masa verde palpitante y después se volvió hacia mí.

—Lo siento —dijo suavemente—. Es mejor que les digas adiós. Es demasiado tarde para ellos.

Me quedé sin aliento, con un nudo en la garganta.

Byron parpadeó y entrecerró sus ojos azules. De pronto chascó sus dedos peludos.

—No, espera —dijo—. Creo que tengo algo que puede ayudar.

Rebuscó en su uniforme y sacó un pequeño objeto cuadrado. Al principio pensé que era otra tarjeta, pero de pronto vi que la luz rebotaba en ella y me di cuenta de lo que era.

Un espejo. Un pequeño espejo de bolsillo.

—Esto debería funcionar —dijo Byron. Giró el espejo y lo apuntó a la montaña de Sangre de Monstruo.

Oí un *POP* muy alto.

La masa verde dejó de burbujear y hacer chasquidos. Me quedé boquiabierto cuando la Sangre de Monstruo se empezó a despegar de Billy y Sheena.

Y empezó a meterse en el espejo.

Tardé unos segundos en darme cuenta de lo que estaba sucediendo.

Pero ¡por fin! ¡Bien! Se despegó de Billy y de Sheena como una ola que se aleja en la playa. Con el corazón a cien por hora, observé cómo se metía en el espejo lenta pero continuamente.

Segundos más tarde, Billy estaba de pie delante de nosotros, quitándose unos restos pegajosos de babas de Sangre de Monstruo que se le habían quedado pegados a la camiseta. Se dio la vuelta y miró a su alrededor.

—¿Sheena? —llamó—. ¿Sheena? ¿Dónde estás? ¿Sheena?

No hubo respuesta.

—¡Oye! —gritó a Byron—. ¡Mi hermana! ¿Dónde está mi hermana?

Byron siguió sujetando el espejo sin moverlo hasta que se metió la última gota de Sangre de Monstruo.

—Aquí no están a salvo —dijo, echando un vistazo a la puerta del laboratorio.

—Pero Sheena... —empezó a decir Billy.

—Shhh. Escúchame —interrumpió Byron—. Corren un grave peligro en HorrorLandia. Se supone que no los puedo ayudar, pero lo intentaré. Voy a ayudar a que escapen.

—¿Escapar? No me puedo escapar sin Sheena —dijo Billy.

—Escúchame —dijo Byron—. Yo...

Pero antes de que pudiera terminar, dos horrores furiosos, que no habíamos visto antes y con placas de PM, entraron por la puerta. Uno de ellos sacó una porra negra que llevaba en una cartuchera en la cintura. Vino hacia nosotros rápidamente con la mirada fija en Billy y en mí. Su compañero bloqueó la salida.

Suspiré con fuerza. Esta vez no había manera de escaparse. Estábamos atrapados.

—¿Qué hemos hecho? —grité—. ¿Por qué nos quieren atrapar?

—Vamos, Byron —dijo uno de ellos. Me empujó al pasar a mi lado y cogió a Byron por el hombro.

—No te resistas, Byron —dijo el horror que estaba en la puerta—. Ven con nosotros y no nos des problemas.

Aguanté la respiración. ¿Qué estaba pasando aquí? ¿No venían por nosotros? ¿Habían venido a coger a Byron?

—¡Suéltame! —gritó Byron. Se soltó el hombro y se alejó del horror.

El pequeño espejo se le cayó de la mano. Al caer al suelo se rompió en doce pedazos.

—¡Ayúdame! —le dijo el horror a su compañero. Volvió a coger a Byron y lo sujetó con las dos manos.

El otro policía se tiró al suelo y empezó a recoger ansiosamente los trozos del espejo.

—¡Qué raro! —exclamé al ver lo que estaba pasando con el espejo.

Los trozos del espejo se estaban derritiendo. Se volvían líquidos bajo los dedos del policía. Brillaban como pequeños charcos plateados.

Mascullando para sí mismo, el policía más alto recogió las gotas de espejo y se puso de pie.

—Listo para irnos —le dijo a su compañero.

Byron intentó soltarse del policía.

—¡No puedes hacer esto! —insistió—. Tú no sabes quién soy yo.

—Cállate y anda —le cortó el horror.

Arrastraron a Byron, que no dejaba de retorcerse y gritar, afuera del laboratorio.

Yo estaba demasiado confundido para pensar con claridad. Miré a Billy, que tenía un aspecto muy preocupado.

Le caían gotas de sudor por los lados de la cara. Lo oí llamar a su hermana con un susurro suave.

—¿Sheena? ¿Estás bien? ¿Sheena? ¿Estás bien? ¡Contéstame! ¡Por favor!

Silencio.

Billy se quitó el sudor de las mejillas y habló con voz temblorosa.

—Se ha ido, Matt. ¿Crees que ella también se metió en el espejo?

Me encogí de hombros. Todo era demasiado raro.

—Tenemos que seguir a Byron —dije—. Él quería ayudarnos. Por eso se lo llevaron a rastras de aquí. Tenemos que encontrarlo. Él es el único que nos puede ayudar a recuperar a Sheena.

—Pero ¿dónde? —preguntó Billy.

Entonces vi algo. Una pequeña pieza plateada que brillaba a mis pies.

Me agaché y la cogí con mucho cuidado.

—Billy, mira. Es un trozo del espejo que no se derritió. Ese policía no cogió todos los pedazos.

Billy se acercó. Los dos nos quedamos mirando el trozo de espejo.

—¡No puede ser! —grité—. ¡No puede ser!

En el pequeño triángulo de espejo vi a las dos chicas desaparecidas. Britney y Molly.

Estaban subidas a un viejo carrusel con caballos blancos y carruajes.

Las dos estaban sentadas en un carruaje que daba vueltas lentamente.

¡Y el carrusel estaba en LLAMAS!

Continuará en...

NO. 4

EL GRITO DE LA MÁSCARA MALDITA

Acerca del autor

Los libros de R.L. Stine se leen en todo el mundo. Hasta el día de hoy se han vendido más de 300 millones de ejemplares, lo que hace que sea uno de los autores de literatura infantil más famosos de la historia. Además de la serie Escalofríos, R.L. Stine ha escrito la serie para adolescentes Fear Street, una serie divertida llamada Rotten School, además de las series Mostly Ghostly, The Nightmare Room y dos libros de misterio *Dangerous Girls*. R.L. Stine vive en Nueva York con su mujer, Jane, y Minnie, su perro King Charles spaniel. Si quieres aprender más cosas sobre él, visita www.RLStine.com.

ARCHIVO DEL MIEDO No. 3

BIENVENIDOS A
HORRORLANDIA
¡DONDE LAS PESADILLAS SE HACEN REALIDAD!

¡HorrorLandia ya
no es lo
que era!

Trabajamos poco para que estés seguro.

APOYA A TU **POLICÍA** MONSTRUOSA

SI NOS NECESITAS, GRITA.
¡UN GRITO DE AYUDA ES COMO MÚSICA PARA NUESTROS OÍDOS!

Un saludo especial de 8 dedos a...

OFICIAL DE LA PM DEL MES:

Howard U. Comungolpenlanariz

Insoportable · Intratable · Inútil · Inepto

HOWARD TIENE UN MENSAJE ESPECIAL PARA LOS VISITANTES DE HORRORLANDIA:

"NO HAGAS NADA MALO QUE YA SABES CÓMO ME PONGO".